VENA AMORIS

La veine de l'amour

Élodie Maury

Parfois, c'est moi,

parfois, c'est mon

autre moi.

SOMMAIRE

Édition : BoD · Books on Demand,
31 avenue Saint-Rémy, 57600 Forbach,
bod@bod.fr
Impression : Libri Plureos GmbH,
Friedensallee 273, 22763 Hamburg
(Allemagne)
ISBN : 978-2-3225-7473-5
Dépôt légal : Février 2025

Arbre Familial LOUVIE

Pierre LOUVIE
(Grand-père)

née le
21/08/1908 à
Limoges

Décédé le
18/02/1973 (64
ans)
Commercial
Vigneron

Agnès MARTIN
(Grand-mère)

née le
28/03/1913 à
Périgueux

Décédée le
22/02/2008 (95
ans)

vendeuse

Pierre
LOUVIE et
Agnès
Martin se
marie le
16/06/1934
à St Émilion

Marc LOUVIE (fils de
Pierre et Agnes
LOUVIE)

Né le 23/04/1947 à
Libourne

Commercial
Vigneron

Chloé Lafon (
compagne de
Marc LOUVIE)

Née le
19/04/1947 à
Toulouse

Coiffeuse

Mathieu LOUVIE (Fils de Marc et Chloé
LOUVIE)

Né le 11/04/1986 à Libourne

Prologue

Prisonnier de cette chambre blanche, où tous les murs sont molletonnés. Tout cela me semble si froid, comme dans une chambre mortuaire. Une seule caméra observe chacun de mes faits et gestes dans cette toute petite pièce. Le sablier du temps me surveille, comme pour m'empêcher de commettre une erreur avec ma plume d'écrivain.

J'ai un temps limité. Drôle de situation, tout de même, pour ce temps qui est une chose invisible, une chose qui ne devrait jamais s'arrêter. C'est un cercle infini. Pourtant, nous, les humains, utilisons le temps en le découpant en arrêts, comme si nous prenions un train avec des horaires fixes. Je vous l'accorde, le jour, la nuit, les heures représentent un temps, mais le temps, lui, ne s'arrête jamais dans l'univers impalpable et invisible.

Je le regarde parfois tantôt avec malice, et l'instant d'après avec vide.

Dans ces moments-là, qui suis-je réellement ?

Je me mets à rire, comme si un démon était en moi. Je contorsionne mon corps, et mes cordes vocales vibrent si fort dans ma gorge qu'on dirait que j'expulse quelque chose venu des tréfonds de mes entrailles, remontant avec une puissance brute. Je le vois tressaillir : la chair de poule parcourt tout son corps. Il reste immobile face à moi, mais je lis la peur sur son visage. Il essaie de ne rien laisser paraître, mais je l'observe attentivement.

Il se demande pourquoi cela lui est tombé dessus.

Il doit penser que je suis immonde ; son regard posé sur moi, mais je m'en moque. Ma séance quotidienne commence avec ce bout de papier et ce stylo.

Qu'est-ce que j'écris ?

Aimeriez-vous le savoir ?

Alors, arrêt sur image, on rembobine la cassette et suivez-moi dans les méandres de mon esprit. On va remonter avant même ma conception.

Êtes-vous prêt ?

Âmes sensibles, surtout, ne bougez pas :
cela pourrait vous plaire ou vous hanter !

Allez savoir, je ne suis pas l'artisan de
votre vie.

Mes parents

Chapitre I

Marc LOUVIE, un bel homme de vingt-cinq ans aux yeux bleus, brun, 1m75, une belle prestance, un charisme inébranlable. Il est issu d'une famille bourgeoise, mais simple dans sa façon d'être. Après avoir terminé ses études de commerce, Marc reprend l'affaire familiale de son père, Pierre LOUVIE, propriétaire d'un magnifique vignoble de sept hectares. Trois variétés de cépages y sont cultivées : le cabernet-sauvignon, le cabernet franc et le merlot, sur un territoire parmi les plus visités en été, avec ses cités médiévales.

Ses collines et ses vignobles entourent le cœur du Libournais. C'est bien entendu le village de Saint-Émilion.

Le nom de ce village n'a pas été donné par hasard.

Saint-Émilion regorge de vestiges, dont une villa gallo-romaine qui a été retrouvée.

On raconte qu'au XVIIIe siècle, un moine originaire de Vannes est venu s'installer à Ascumbas (ancien nom de Saint-Émilion). Il s'installa dans une grotte de la forêt des Combes, qui recouvre le site actuel de Saint-Émilion. Cette grotte servait d'ermitage.

La légende raconte qu'il fit jaillir une source grâce à laquelle il réalisait des miracles. Cette source existe toujours et alimente le lavoir appelé « Fontaine de la Place».

Pendant dix-sept ans, le moine Émilion évangélisa la population alentour et créa un site monastique qui prit son nom après sa mort.

Marc rencontra Chloé dans un petit salon de coiffure du village. Au début, il était timide avec les femmes et n'osa pas l'approcher. Il se contentait d'échanger des paroles cordiales à chaque coupe.

Au bout de quelques mois, il se décida à lui proposer d'aller boire un verre dans sa boutique au vignoble. Chloé accepta avec plaisir.

Chloé est une jeune femme du même âge

que Marc. Elle est brune, élancée, mince, avec de beaux yeux marrons. Elle a une apparence douce et calme.

Les mois passèrent, et tous deux, amoureux fous, décidèrent de se marier au bout d'un an.

Le 24 juin 1973, Chloé Lafon devint l'épouse de Marc Louvie dans l'église de Saint-Émilion.
Une cinquantaine d'invités furent conviés pour célébrer leur union. Marc est fils unique, tandis que Chloé a une sœur, Sarah, une très belle femme avec un caractère bien trempé. Marc l'avait déjà rencontrée : elle n'a pas sa langue dans sa poche quand elle a quelque chose à dire. Sarah est la témoin de sa sœur, et Benoît, le meilleur ami de Marc, est son témoin.

Benoît est un jeune homme grand, blond, aux yeux bleus. Il a pu obtenir une permission de l'armée de terre pour l'événement de son ami.

Après le mariage, les deux partirent pour une semaine dans le sud de la France, à Montpellier, pour leur lune de miel.

Le temps était clément. Ils avaient loué une petite maison au bord de l'océan avec piscine, un vrai luxe. Ils profitèrent de cette semaine pour se balader en bord de mer, faire du bateau, nager dans l'océan et le soir, dans leur piscine. Les cocktails coulaient à flots, les fous rires étaient nombreux, ils ne pouvaient rêver mieux.

De retour à la réalité, ils retrouvèrent leur demeure au vignoble et reprirent leurs activités. Tous deux travaillaient beaucoup, mais parvenaient toujours à se trouver des moments pour raviver sans cesse la flamme de leur amour. Le vignoble se portait à merveille, avec de plus en plus de commandes, et la saison des vendanges s'annonçait excellente comparée à d'autres années.

Marc devait effectuer de nombreux déplacements à travers toute la France pour fidéliser ses clients et ceux qu'il avait prospectés. Quant aux clients étrangers, il envoyait généralement ses commandes par avion, vers l'Italie, l'Espagne et les États-Unis. Par chance, il parlait couramment quatre langues : le français, sa langue maternelle, l'italien, l'espagnol et l'anglais.

Chloé et Marc passèrent de belles années en couple, à se lover et à prendre soin l'un de l'autre. Une chose manquait à leur vie : un enfant.

Marc a toujours voulu avoir un descendant pour reprendre le vignoble. En revanche, il n'était pas encore prêt et voulait profiter d'être à deux avant d'assumer un peu plus de responsabilités. Au bout de treize ans de vie maritale, ils décidèrent de faire un enfant, compte tenu de leur âge avancé. Vous allez me dire : trente-neuf ans, ce n'est rien. Oui, pour un homme, mais pour une femme, cela commence à être limite pour avoir un enfant, et il peut y avoir des complications.

Le 11 avril 1986, à l'hôpital de Libourne, est né notre fils Mathieu LOUVIE. Un petit ange arrivé sur Terre. Il est tellement mignon, enveloppé dans une couverture bleue, dans son berceau.

La grossesse et l'accouchement se sont très bien passés. Nous sommes enchantés d'être parents. Notre famille et nos amis les plus proches nous ont rendu visite à l'hôpital avant notre sortie pour rentrer dans notre petit cocon au vignoble.

Pendant la grossesse de ma femme, nous avons aménagé une chambre pour son arrivée. Ce n'est pas l'espace qui manque.

Nous avons une très belle demeure en pierre, avec des rosiers qui ornent les devants de porte et des hortensias sous les fenêtres.

Lorsque nous rentrons par la porte d'entrée, nous arrivons dans un couloir qui dessert, sur la gauche, une grande cuisine avec un îlot central, ainsi qu'une porte donnant sur un escalier qui descend à la cave, où je garde mon péché mignon : le vin que je fabrique. Passons, sinon je risque de m'attarder, tellement j'aime en parler et le boire.

En face de la cuisine se trouve la salle à manger, où nous pouvons accueillir une douzaine de personnes. Il s'ensuit un salon digne d'une salle de cinéma, avec son home cinéma pour se prélasser devant un bon film Netflix, un verre de vin, et une belle cheminée pour les soirées d'hiver.

Lorsque nous revenons vers la porte d'entrée, dans le couloir, il y a deux WC, une salle de bain et quatre chambres, dont une qui est une chambre parentale avec salle de bain intégrée.

Nous avons ajouté une terrasse à l'arrière de notre porte-fenêtre. Tout est si bien organisé et décoré pour que nous puissions passer du temps chez nous et nous détendre après le travail, qui peut être stressant à la longue.

Être chef d'entreprise n'est pas de tout repos. Je ne tenais pas à faire un bureau à la maison ; j'ai préféré le laisser dans la boutique.

Retour à la maison. Tout était prêt : nous avions décoré la chambre d'un bleu ciel, avec un petit lit blanc, une table à langer, une armoire avec tous ses petits vêtements, à vous faire fondre.

Une petite table basse à côté du fauteuil à bascule, et une bibliothèque avec des livres d'histoire pour enfants. Des peluches, peut-être un peu trop. C'était notre premier enfant, et nous voulions le meilleur pour lui.

Chloé était très épuisée, les émotions étaient intenses. Malgré sa fatigue, elle rayonnait, mais elle avait quand même pris beaucoup de poids pendant la grossesse.

Les premiers mois furent compliqués pour s'adapter au nouveau rythme de sommeil. À tour de rôle, nous nous levions la nuit pour les biberons et les changes.

Le travail s'intensifiait pour moi, surtout lorsque je partais en déplacement, avec des cernes sous les yeux. Chloé avait pu prendre un congé maternité. Elle en profita pendant trois ans, jusqu'à la rentrée en maternelle de Mathieu.

Qui aurait cru que devenir parents serait aussi compliqué ? On ne nous donne pas de mode d'emploi pour savoir comment se comporter, comment gérer un bébé et toutes les étapes de sa vie en grandissant. Mais c'est tellement beau, enfin, c'est ce que je pensais au début.

Mais au fil du temps, notre vie a complètement été bousculée par l'arrivée de notre bambin. Les moments à deux, dans l'intimité, se faisaient rares à cause du manque de sommeil. Ma femme ne se trouvait plus ravissante face au miroir, son corps avait même changé, doublé.

Quelle horreur ! Elle me disait souvent qu'elle ne voulait plus que je la touche. Je respectais son choix, c'était sans doute dû au post-partum.

Voilà bientôt trois ans que Mathieu est là et notre vie de couple ne tient qu'à un fil, comme un funambule qui essaie tant bien que mal de rester en équilibre et d'avancer.

J'ai beaucoup souffert pendant cette période. J'aime ma femme, je la soutiens, je reste fidèle, et surtout, je suis toujours aux petits soins pour elle. Chloé, toujours pas à l'aise avec son corps, ne rentre plus trop dans l'intimité.

On dirait qu'il y en a que pour son fils, elle me délaisse. Elle ne fait sans doute pas exprès, mais être maman vous change.

Mathieu a déjà fait ses premiers pas, prononcé ses premiers mots, eu ses premières dents et fait sa première rentrée en maternelle. Que d'émotions.

Les années ont passé, Chloé a repris le travail depuis quelque temps et Mathieu a aujourd'hui huit ans.

Lors de mes ventes de vin, j'ai sympathisé avec une très belle femme élégante, un sourire magnifique, des yeux bleus et des cheveux blonds.

Enfin, pas si blonds que ça, car on voit sur les racines de son cuir chevelu qu'à la base, elle est brune. Mais cette couleur blonde lui va à ravir.

Éva, un doux nom rêveur qui s'invite à mes lèvres. Elle portait toujours un rouge à lèvres rouge et un parfum aux notes fruitées.

Cependant, j'ai longtemps résisté malgré son charme et ses propos équivoques qui semblaient vouloir me séduire.

Jusqu'au jour où elle m'invita chez elle, après que je lui aie livré une caisse de vin qui allait lui servir pour son anniversaire bientôt.

Un verre de vin, deux verres, de la musique douce en fond. Je me rappelle très bien sa belle petite robe noire en dentelle et de ses magnifiques talons noirs, qui sublimaient ses superbes jambes fines. Toujours son rouge à lèvres rouge, qu'on aimerait tellement goûter, sa couleur rappelant celle d'une fraise.

J'en suis tout émoustillé.

Est-ce sa tenue ?

Le vin ?

Ou les deux ?

Quoi qu'il en soit, la soirée avançait doucement dans l'obscurité. Elle prit ma main pour me faire lever du canapé et commença à m'entraîner au milieu du salon pour danser.

Jusque-là, rien d'alarmant. Dans ma tête, je ne faisais rien de mal. Mais voilà qu'Éva devint un peu plus entreprenante.

Elle colla son corps contre moi, passa une main derrière ma tête et commença à m'embrasser avec passion. Mes lèvres se collaient aux siennes, mes yeux écarquillés. J'aurais dû détacher ma bouche, mais je ne pouvais pas. J'étais comme aimanté, et la sensation que j'ai eue me fit rappeler que je n'avais plus tout cela chez moi.

Elle m'entraîna dans sa chambre, et lentement, elle retira sa petite robe noire.

En dessous, un ravissant bustier avec porte-jarretelle et bas me fit frémir.

Une petite poitrine bien dessinée, sa finesse de corps m'envoûtait. Elle jouait avec ses cheveux, les repliant et se pinçant les lèvres. D'une main, elle me poussa sur son lit et se mit entre mes jambes. J'étais ailleurs. Je ne pensais plus à rien.

Mon sexe, en érection dans mon boxer, me faisait mal. Je n'avais qu'une envie : qu'elle me le retire. J'ai dû le penser si fort que mon souhait se réalisa. Ce soir-là, je crois que ses draps s'en souviennent, et moi aussi.

Je suis tombé complètement fou d'elle, de sa personne, de son corps. Tout en moi se réveilla, comme si c'était endormi depuis des années. En même temps, avec Chloé, nous ne faisions pratiquement plus rien depuis l'arrivée de Mathieu. Nous nous contentions d'être des parents, mais plus un couple comme dans nos débuts.

Il était déjà tard quand je suis rentré chez moi. Une petite douche, et je me glissai dans le lit, où Chloé dormait déjà.

Enfin, je le pensais. Elle me demanda où j'étais, et je lui répondis que j'étais chez un client à qui j'avais livré une caisse de vin et qu'il m'avait invité au restaurant, ce qui s'était éternisé.

Je n'avais pas voulu être impoli en refusant, car c'était un client habituel qui prend toujours des bouteilles haut de gamme.

Après ce petit dérapage avec Éva, quelques mois s'étaient écoulés avant que nous nous revoyions.

Éva m'invita pour une deuxième fois chez elle. Cette fois-ci, j'ai prétexté auprès de ma femme que je devais faire une livraison à Tours pour le lendemain. Je lui ai dit que je préférais prendre une chambre d'hôtel pour ne pas être fatigué de la route lorsque je remettrai les caisses de vin au client.

Je rentrerai seulement le lendemain. Elle n'a eu aucun soupçon de mon petit mensonge.

J'ai pu m'organiser pour profiter d'une nuit avec la belle Éva, si envoutante.

Éva savait y faire avec moi. Elle me prenait par les sentiments, toujours un petit mot doux et des nuits érotiques qu'on en perdait le nord.

Elle est le genre de maîtresse dont on n'a pas envie de quitter le lendemain. Malheureusement, les bonnes choses ont toujours une fin.

D'un commun accord, Éva et moi avons décidé de nous voir aussi souvent que possible, en fonction de nos disponibilités et de la façon dont je pouvais caler nos rendez-vous entre deux clients. C'est alors qu'une idée m'est venue : passer son nom par l'un de mes clients, M. Dupont.

M. Dupont, qui habite à Limoges, est notre client le plus fidèle. Chaque mois, voire parfois deux fois par mois, je me rends chez lui pour effectuer une livraison.

Mon plan s'est déroulé comme prévu. Chloé n'a rien soupçonné de mes mensonges, tandis que moi, je profitais de mes moments avec ma splendide maîtresse.

C'est quand même un comble, tout de même, de tromper sa femme, alors que devant l'autel, je lui avais juré fidélité jusqu'à la mort qui nous sépare. Nous étions croyants tous les deux, ou du moins, c'est ce que je croyais.

Mais voilà, chaque mensonge que je lui raconte, chaque rendez-vous furtif, chaque moment passé avec Éva, me fait m'éloigner de ce que j'avais promis.

Et pourtant, malgré tout, je me trouve ici, piégé dans un tourbillon de contradictions. Comment ai-je pu en arriver là ?

Tous les dimanches, nous allions à la messe de notre village. C'était devenu une tradition depuis que j'avais repris l'affaire de mon père. Chaque semaine, nous apportions une à deux bouteilles de vin au curé, parfois même un peu plus, pour son plaisir personnel.

C'était un geste discret, presque une formalité, mais en y repensant aujourd'hui, je n'arrivais plus à ignorer la contradiction.

Pendant la messe, après le sermon, les paroissiens se levaient tour à tour pour boire dans le calice et prendre l'hostie en bouche.

Le vin, disait le prêtre, est le sang du Christ, notre sauveur. Il vous pardonne vos péchés, vous purifie de vos fautes.

Et moi, là, dans l'église, un pécheur parmi les autres, je n'avais pas l'impression d'être purifié. Si le vin était vraiment un moyen de rédemption, alors pourquoi me sentais-je aussi coupable, chaque fois que je plongeais dans cette relation secrète, loin de ma femme, loin de ma famille ?

À les péchés ! Oui, mon père, j'ai péché... l'infidélité. Mais sincèrement, je ne m'inquiète même pas de savoir si, après ma mort, j'irai en enfer ou au paradis.

Le paradis, je l'ai déjà trouvé. Il s'appelle Éva. Chloé ne me donne plus l'affection dont j'ai besoin, et je reste, par habitude, car c'est la mère de mon enfant.

Mais la vérité, c'est que j'aime cette double vie. C'est excitant, c'est comme un jeu où personne ne me demande rien, où mes mensonges glissent sans question. Ma vie secrète s'écoule sans accrocs, et tout semble si facile…"

Mais voilà, ce jour-là, alors que je rentrais après une longue journée, je laissai mon téléphone portable ouvert sur la table basse du salon. Mathieu, sans le savoir, l'intercepta. Un message s'afficha à l'écran, un message qu'il n'aurait jamais dû voir, un message entre Éva et moi.

Je le vis frôler l'appareil, ses yeux fixés sur l'écran. Son innocence fit l'effet d'un coup de poignard dans mon cœur. Un instant de pure vulnérabilité, et il n'y avait plus de retour en arrière.

Ce message, ce secret, venait de se dévoiler dans la plus grande des naïvetés. Mathieu... mon fils... aurait-il compris ? Ou, pire encore, se poserait-il des questions qu'il n'aurait jamais dû poser à son âge ?

J'avais beau lui dire que ce n'était rien, juste un malentendu... Mais au fond, je savais que tout avait changé. L'équilibre précaire de ma vie venait de basculer. Et je savais, au fond de moi, que ce n'était qu'une question de temps avant que tout ne s'effondre.

✉ **Mr DUPONT**

— **Demain soir mon amour, champagne, soit sur ton 31 comme toujours. J'ai une surprise pour toi. Prévois un mensonge à ta femme pour toute la soirée.**

Ta tigresse.

Je prends vite mon téléphone, espérant que le petit n'ait pas eu le temps de le lire. Mon cœur s'emballe, je ne sais même pas comment je pourrais me justifier si jamais Chloé tombe dessus. Ce genre de situation me stresse de plus en plus, mais je m'efforce de garder mon calme.

Le lendemain matin, avant que Chloé parte au travail, je lui annonce que je dois livrer Mr DUPONT à Limoges, et qu'il m'a invité au restaurant. Sans sourciller, elle me fait un signe de tête et dit :

— Ok.

Elle me donne un baiser rapide sur la bouche, prend Mathieu par la main et part le déposer à l'école. Je reste là, quelques secondes, les yeux fixés sur la porte qui se ferme derrière elle.

Le poids de la culpabilité m'envahit, mais je me ressaisis vite, me disant que tout va bien se passer. Ce n'est que temporaire, une parenthèse qui m'échappe.

Le lendemain, je reviens de ma livraison, et une petite angoisse me serre la gorge. J'ai cette peur irrationnelle que Mathieu ait parlé à sa mère du message qu'il a vu sur mon téléphone. J'essaie de ne pas y penser, mais chaque son du vent, chaque bruit dans la maison, fait augmenter cette inquiétude.

Dès que je pose un pied dans la maison, je constate avec soulagement que rien n'a changé. Le silence habituel de la maison, la chaleur qui se dégage de la cuisine, tout semble normal.

Aucun regard étrange de Chloé, aucun reproche, rien.

Je respire profondément, presque de façon inconsciente. Tout semble aller dans l'ordre, mais l'inquiétude reste présente, comme un nuage au-dessus de ma tête. Un léger soulagement traverse mon corps, mais la sensation de jouer avec le feu ne me quitte pas.

Trois semaines plus tard, rebelote. Mon téléphone est posé sur la table basse, comme à chaque fois, à portée de main. Mathieu, concentré sur ses devoirs, est assis dans le salon, pendant que je suis dans la cuisine, préparant le dîner. Puis, un bip retentit, et j'entends le bruit caractéristique du message qui arrive.

C'est un son familier, celui qui me fait toujours bondir, un frisson d'angoisse m'envahit. J'arrête tout ce que je fais, et je tends l'oreille, espérant que Mathieu ne prenne pas l'initiative de vérifier ce message.

Je le vois du coin de l'œil, toujours plongé dans son travail scolaire, mais je n'ose pas bouger. Mon cœur commence à battre plus vite.

Les secondes semblent s'allonger. Si Mathieu voit ce message... je n'ose même pas imaginer la suite.

Je me précipite à travers la pièce pour prendre le téléphone avant qu'il ne s'en aperçoive, mais c'est trop tard. Il me regarde, son regard curieux posé sur l'écran. Mon ventre se serre.

✉ **Mr DUPONT**

— J'ai une envie folle de te voir, j'ai acheté une nouvelle lingerie que je voudrais que tu l'arraches avec tes dents. Grrr, tu me rends dingue de toi. Ta tigresse Éva.

Pièce jointe. Photo

Je n'ai pas le temps d'intervenir que j'entends du salon crier :

— Maman, Maman.

Je me précipite vers mon fils qui tient, au creux de sa main, mon téléphone portable, tout tremblant et rouge de colère, de peur ou je ne sais quoi, comme émotions. Je vois dans ses prunelles qu'une larme commence à perler sur sa joue.

✉ Mr DUPONT

— J'ai une envie folle de te voir, j'ai acheté une nouvelle lingerie que je voudrais que tu l'arraches avec tes dents. Grrr, tu me rends dingue de toi. Ta tigresse Éva.

Pièce jointe. Photo

Oh, mon Dieu, Éva, je pense ! Ma première réaction a été celle de la colère, puis l'admiration pour cette femme aussi voluptueuse que ravissante et qui, effectivement, me connaît très bien. Je lui aurais délicatement arraché ses jolis sous-vêtements affriolants d'un rouge passion qui me fait bondir comme un taureau, pour les lui enlever et la lover contre ma peau, lui faisant l'amour tendrement.

Je me sors de cette pensée et rassure mon fils.

— Mathieu, arrête d'alarmer ta mère, veux-tu ?

— Maman… (avec un petit sanglot dans sa voix).

— Arrête, je t'ai dit.

Ce n'est pas ce que tu penses, d'ailleurs, j'ignore ce que tu peux imaginer dans ta petite cervelle du haut de tes huit ans.

On ne t'a pas appris à ne pas toucher les   affaires des autres et encore moins à regarder leur contenu ?

Mathieu sanglote et court se réfugier dans sa chambre.

Furieux, je tourne en rond dans le salon.

Putain de gamin, je vous jure, il ne peut pas se concentrer sur ses devoirs au lieu de fouiller dans mon téléphone.

C'est malin. Qu'est-ce que je vais bien pouvoir dire à Chloé ?

Le connaissant, le petit bébé à sa maman, il va tout lui raconter.

Merde, merde, ça me fait chier !

Chloé se précipita dans la chambre de Mathieu.

Le petit était en pleurs. Sa mère, cherchant à comprendre ses larmes de crocodile, s'assoit sur le rebord du lit et lui demande ce qui lui arrive.

Mathieu voulut commencer à articuler quelques mots, quand je fis mon apparition dans l'encadrement de la porte, lui coupant la parole avant qu'il ait eu le temps de prononcer quoi que ce soit.

Je me tournai vers ma femme et lui expliquai que ce n'était qu'un petit malentendu : Mathieu avait fouillé dans mon portable quand un message d'un client est   arrivé.
Il doit bien comprendre que les affaires des adultes, et surtout quand ça concerne le travail, ne sont pas à regarder.
Chloé m'écouta attentivement, avec ma voix haute pleine de colère et mon visage rouge,   mes   sourcils   froncés.
Elle commença à dire à Mathieu qu'effectivement, il était impoli de regarder les téléphones portables des adultes, que ce n'était rien, mais qu'il ne fallait plus recommencer.

Je n'en revenais pas, pour une fois, elle était de mon côté.

Je commence à tourner les talons pour quitter la chambre et me diriger vers la cuisine, mais j'entends Mathieu dire :

— Mais, maman, papa a reçu un message avec une femme en sous-vêtements sur son téléphone. Je te jure, je n'ai pas fait exprès de regarder. Il était posé juste à côté de moi pendant que je faisais mes devoirs.

— Mathieu, tu es sûr de ce que tu as vu ?

— Oui, maman. Papa était furax quand il a compris ce que j'ai vu, il me l'a arraché des mains.

Bordel de merde, dans quel pétrin je me suis fourré.

Heureusement que j'ai effacé le SMS avant même d'aller le réprimander dans la chambre avec Chloé.

Comme si de rien n'était, je continue à peler mes pommes de terre pour les faire rissoler ensuite dans la poêle, qui accompagnera le délicieux rôti de veau que j'ai pris plus tôt chez le boucher du village.

Je sens son regard sur moi et une énergie électrique envahit mon espace vital.

Je me tourne et lui propose un verre de Merlot.

Vu sa tête, elle n'est pas disposée à boire un verre avec moi.

— Qu'est-ce que tu as, chérie ?

— Mathieu vient de me dire pourquoi tu l'as fâché à cause du téléphone portable.

— Oui, tu étais là quand je l'ai réprimandé et que tu as approuvé qu'il ne devait pas toucher à nos smartphones.

— Oui, je suis d'accord avec toi. Mais la raison est plus grave que ce que je croyais.

— Comment ça plus grave que ce que tu croyais ?

Ce n'est pas suffisant qu'il n'ait pas le droit de regarder nos téléphones ?

Que ce soit le mien ou le tien ?

— Bon, allez, arrête de tourner autour du pot, veux-tu ?

— Comment ça, tourner autour du pot   ?

De quoi m'accuses-tu ?

Qu'est-ce que ce sale morveux t'a encore raconté ?

Choquée de la façon dont son mari parle de leur enfant, elle commence à voir rouge.

— Ce sale morveux, comme tu dis, il a vu une femme en petite tenue sur ton écran.

Et comment oses-tu appeler ton fils de sale morveux ?

— Pardon, chérie. J'ai eu une dure journée et tu sais bien que je n'aime pas qu'on touche à mes affaires. J'irais m'excuser auprès de Mathieu.

Ça te va comme ça ?

— Non, ça ne me va pas.

Cela n'explique pas le message. Tu ignores totalement cette conversation. Je n'ai plus le choix que de te demander ton téléphone pour vérifier, puisque tu n'avoues pas.

— Bien, si cela t'enchante de regarder mes messages.

Vas-y !

La confiance règne merci beaucoup.

Elle prit le cellulaire de son mari, il lui débloque le code et se rend directement dans les messages. Rien. Aucun message compromettant. Mais ce qui était curieux, c'était qu'il n'y avait aucun message datant d'aujourd'hui.

Elle lui fit part de cette observation. Dans un déni total et avec une décontraction évidente, il lui répondit :

— Je te l'avais dit qu'il n'y avait rien.
— Très bien, écoute, tu sais quoi ?
Ce soir, tu iras dormir sur le canapé ou ailleurs. J'ai besoin de

réfléchir à ce qui vient de se passer.

— Tu me punis pour une chose que je n'ai pas faite ?

Très bien.

Je mange et je pars dans un hôtel, étant donné que demain je dois livrer mon client.

Il la regarda, visiblement frustré, mais sans tenter de contre-argumenter. Chloé, quant à elle, ne savait plus quoi penser de tout ça. La tension dans la pièce était palpable. Elle voulait comprendre, mais il semblait vouloir tout effacer d'un coup, comme si rien ne s'était passé.

Le silence s'installa alors que les minutes s'égrenaient, pesantes et lourdes. Elle savait que cette conversation n'était que le début d'une série de révélations qu'elle ne souhaitait peut-être même pas découvrir.

Ce scénario de mensonge n'était pas prévu, mais finalement, il m'arrange bien. Dès qu'elle quitte la pièce, je m'empresse d'envoyer un message à Éva, lui disant de préparer sa petite tenue rouge, que je serai là dans trois heures. Je file alors préparer mon sac de rechange.

Le dîner se déroula dans un silence glacial, pas un mot, on aurait dit que même les mouches volaient discrètement. Une fois le repas terminé, je ne pris même pas la peine d'embrasser mon fils sur la joue. Je lui lançai un regard noir, accusateur, comme s'il était responsable de cette situation entre sa mère et moi. Je claquai la porte pour bien marquer mon mécontentement. Au fond de moi, je respirai profondément, soulagé de retrouver celle que j'affectionne et auprès de qui je peux laisser libre cours à mes désirs.

Arrivé chez ma belle tigresse, elle m'ouvre la porte vêtue d'un imperméable rouge, assorti à ses escarpins. Ses cheveux étaient tirés en queue de cheval, ses lèvres brillantes d'un gloss qui les rendait encore plus pulpeuses, et son parfum fruité m'envahit, enivrant.

Je n'ai pas le temps d'ouvrir la bouche pour lui exprimer ma joie en voyant son audacieuse tenue, une vraie tentation. Elle colle ses lèvres contre les miennes, sa langue pénétrant ma bouche alors qu'elle m'attire dans son appartement. Elle me plaque contre un mur, et à peine ai-je le temps de remarquer que le salon est faiblement éclairé par des bougies, une douce odeur de bergamote flottant dans l'air. Son excitation l'amène à embrasser mon cou, puis, d'un geste délicat, elle déboutonne un à un les boutons de ma chemise. Ses baisers glissent sur mon torse, titillant mes tétons, avant de descendre lentement vers mon bas ventre.

Mon dieu ! Quelle audacieuse diablesse, elle me fait perdre mes repères. Mon corps réagit instantanément, un désir intense s'emparant de moi. Lorsqu'elle s'arrête sur mon bas ventre, un frisson de plaisir m'envahit.

Elle remonte lentement, jusqu'à mes lèvres, et, avec une douceur exquise, glisse sa main sur mon pantalon.

Lorsqu'elle y trouve mon sexe, la tension devient palpable et un sourire espiègle se dessine sur son visage. Ses yeux brillent, emplis de désir. Dans un souffle léger, elle murmure à mon oreille :

— Ne dis rien. Ce soir, tu me laisses faire. Laisse-toi guider, je m'occupe de **tout**.

Je voulus lui dire qu'elle était ravissante, mais elle posa un doigt sur mes lèvres.

— Chut, ne dis rien, je t'ai dit. Ne fais pas ton vilain, sinon je serai contrainte de te punir.

À ses mots, je frissonnai. Je voulais bien dire quelque chose à propos de la punition, mais que je parle ou non, je savais qu'elle me punirait, cette tigresse diabolique et sexy, Eva.

Elle reprit sa danse sensuelle, me guidant doucement vers le canapé. Avec un sourire en coin, elle me servit un verre de vin, et je pris une gorgée, le regard plongé dans la beauté de ses gestes. Lorsqu'elle ôta lentement son imperméable rouge, mes yeux s'écarquillèrent.

Les sous-vêtements qu'elle portait, révélés par un aperçu plus tôt dans le message, étaient encore plus magnifiques que ce que j'avais imaginé. L'excitation monta en moi, et je faillis m'étouffer avec ma boisson en admirant ce spectacle qui me captivait totalement.

Le rythme de ses mouvements, lent et mesuré, ne faisait qu'augmenter mon désir. Je ne pouvais m'empêcher de me réajuster, conscient de l'effet qu'elle avait sur moi. Elle remarqua sans doute mon trouble et, avec un regard complice, comprit que le moment était venu de passer à la vitesse supérieure.

D'un geste sensuel et d'un regard coquin, elle me guida jusqu'à sa chambre, où des bougies et de petites lampes suspendues au-dessus du lit diffusaient une lumière douce et tamisée. L'atmosphère était intime et envoûtante, chaque détail de la pièce semblait parfaitement pensé pour créer une ambiance d'extase silencieuse.

Elle me mit tout nu et me coucha sur son lit.

Elle sortit des ficelles larges et soyeuses pour attacher mes mains au lit, afin que je ne puisse plus bouger. Immobilisé, j'étais son esclave, un chien des enfers, soumis à la déesse Lilith, son rouge sur son corps comme le feu qui allait m'embraser et me consumer à chaque mouvement de ses hanches sur mon sexe.

Une chaleur palpable, comme celle des enfers, où tous les démons en moi se réveillaient, profitant du spectacle de la maîtresse, qui, d'un simple claquement de doigts et de langue, pouvait vous faire parler toutes les langues du monde et vous faire rouler des yeux comme une overdose de crack dans vos veines.

Mais cet évanouissement, si puissant, à en perdre la tête, n'est que le fruit d'une passion enchaînée, vous menant au péché du Seigneur.

Quelle extase ! Une nuit torride, et puis, retour au calme, se lover dans les bras de ma douce, redevenue un petit chat qu'on dorlote jusqu'à ce qu'il s'endorme.

Je n'ai pas voulu lui parler de l'incident avec ma femme, le moment ne s'y prêtait pas.

Retour à la réalité, le lendemain.

Je me dirige sur mon chemin blanc vers mon vignoble quand j'aperçois Chloé marcher, les cheveux au vent, les joues rouges et les yeux gonflés par la fatigue et le sel de ses larmes.

J'ai eu un pincement au cœur en la voyant ainsi.

Je descends de ma voiture et la rejoins dans sa marche lente, sans but précis, les yeux dans le vide et son regard vitreux.

— **Chérie ?**

Tout va bien ?

— Non, je n'ai pas dormi de la nuit. Tu m'as tellement manqué. Je suis désolé pour hier soir. J'aurai dû te croire.

— Ce n'est pas grave chérie, on peut se tromper de jugement avec la fatigue.

Je la serre dans mes bras, sans me rendre compte que je porte encore sur moi la note fruitée du parfum d'Eva de la veille.

J'espère qu'elle ne s'en rendra pas compte.

— Mon amour, c'est si bon de te serrer dans mes bras.

Elle recula pour le regarder dans les yeux et lui demanda s'il avait changé de parfum.

Il lui répondit que non, c'était juste le gel douche de l'hôtel qu'il avait utilisé, ayant oublié son parfum à la maison hier soir.

Dans un élan de panique, il réussit à garder le contrôle sur son mensonge et lui raconta sans sourciller, droit dans les yeux.

Les mois passèrent sans que je donne de nouvelles à Eva pour calmer le jeu.

Je me comportais comme un gentil mari respectueux et fidèle, allant à l'église et effectuant mon travail comme un robot. Au fond de moi, j'étais vide, le manque de cette belle femme fatale me pesait.

Je crois qu'au fond, Chloé savait que j'avais une maîtresse, mais elle ne disait rien pour me garder à ses côtés et élever notre fils, entouré de nous deux, contrairement à tous les parents de ses amis qui étaient divorcés.

Les années passèrent, et Mathieu entreprit des études de commerce, puis d'œnologie, pour lui faire la passation du vignoble.

Le jour arriva où il reçut les clés de

l'affaire familiale, pendant que Chloé et moi-même avions trouvé non loin de là une belle petite maison avec trois chambres, un jardin et une piscine, pour accueillir nos futurs petits-enfants.

Marie LEMOINE

Chapitre II

En 2011, après la retraite de mon père, prise à l'âge de 64 ans, j'ai repris l'entreprise familiale du vignoble à 25 ans. Tout se passait pour le mieux, même si j'aurais aimé suivre une autre carrière. Cependant, pour ne pas décevoir mon père, j'avais décidé de faire des études pour apprendre à gérer le domaine de la meilleure façon possible.

Ma mère, qui travaillait comme coiffeuse, a pris sa retraite en même temps que lui. Ils voulaient profiter de jours heureux dans leur nouvelle maison, qu'ils venaient d'acheter non loin du vignoble. Cela permettait aussi à mon père de continuer à m'aider dans les premiers temps, pour me guider dans la gestion de l'entreprise. Je profitais de mes jours de repos pour passer du temps avec eux, et ces moments passés ensemble étaient précieux.

Depuis sa retraite, mon père s'était mis à la chasse et à la cueillette des champignons. Quant à ma mère, elle avait toujours aimé tricoter, faire du canevas, coudre, et crocheter. C'était sa passion depuis des années. Quand j'étais enfant, je passais des heures à la regarder coudre, fascinée par la précision de ses mains. Elle m'avait même appris les bases de la couture et les points de croix, avec une patience inébranlable. Elle me disait souvent : « Tu sais, un jour, une femme raccommodera tes pantalons et recoudra tes boutons de chemise, mais en attendant, il faut que tu te débrouilles par toi-même ! »

Malgré tout, j'adorais la manière dont elle m'expliquait chaque technique, chaque point, en me montrant les gestes précis. À vrai dire, j'aurais aimé faire carrière dans la mode plutôt que de vendre du vin. Mais bon, on ne choisit pas toujours sa destinée.

Les années ont passé, et j'ai eu quelques petites amies, sans jamais vraiment m'attacher. Au fond de moi, j'avais toujours cette peur sourde de me retrouver un jour dans la même situation que ma mère, quand j'étais enfant.

Mon père avait trompé ma mère à plusieurs reprises. J'avais intercepté des messages, des mots doux échangés en cachette, des promesses enflammées qui ne lui étaient pas destinées. Et chaque fois qu'il rentrait de ses escapades, il portait cette odeur caractéristique, un parfum fruité et sucré, ni le sien ni celui de ma mère. Pendant des années, je n'ai rien dit. La seule fois où j'avais osé aborder le sujet, il m'avait sévèrement rappelé de m'occuper de mes affaires, me remettant sèchement à ma place.

Je regardais ma mère en silence, la voyant pleurer le soir, seule dans la pénombre, lorsque mon père prétendait être en déplacement. Ses sanglots remplissaient la maison, comme si elle tentait d'expulser un chagrin trop grand pour elle. Je n'ai jamais compris pourquoi elle ne l'avait jamais quitté. Était-ce par amour, par habitude, ou pour me protéger ? Ou bien craignait-elle de se retrouver seule à m'élever ?

Quand j'entendais mes camarades parler de leurs parents divorcés, je voyais à quel point, pour beaucoup d'entre eux, il était plus facile de se reconstruire, surtout pour les pères qui retrouvaient souvent vite une compagne. Mais pour les mères, les choses semblaient toujours plus complexes, comme un défi insurmontable d'élever seule leurs enfants tout en cherchant quelqu'un de bon, un homme prêt à devenir le beau-père.

Je n'en veux pas à ma mère. C'est juste de l'amertume qui me reste en travers de la gorge, une rancœur silencieuse envers mon père. Cette amertume est renforcée par une image qui me hante : celle d'une femme, cheveux décolorés, en sous-vêtements. Une photo explicite que j'avais trouvée par hasard, un cliché que j'aurais pu apprécier dans un autre contexte, mais certainement pas ce jour-là.

Cinq ans ont passé, et l'entreprise prospérait. Les ventes étaient en constante expansion, attirant de nouveaux clients venus de tous horizons. Ma carrière semblait bien assurée, et mon père, fier de moi, ne venait plus que rarement au magasin. Il faut dire que sa santé s'était dégradée : on avait découvert qu'il souffrait de diabète. Un comble, pour lui qui buvait du vin presque chaque jour, sans toujours faire preuve de modération.

Je me demandais parfois si ce problème de santé était réellement d'origine médicale, ou s'il s'agissait du retour de bâton de ses années de comportement répréhensible. Le karma, peut-être, qui lui revenait en pleine face pour tout le mal qu'il avait pu faire. J'aurais aimé en discuter avec notre prêtre pour savoir ce qu'il en pensait. M'aurait-il pris au sérieux, ou aurait-il éclaté de rire en m'écoutant ?

La voix du Seigneur est impénétrable, et parfois, on se demande si ce que l'on vit n'est pas simplement une série de coïncidences ou si c'est quelque chose de plus profond, une forme de justice silencieuse que l'on ne comprend pas toujours.

Pour mes 30 ans, mes anciens camarades de classe, avec qui j'avais gardé contact pendant mes études de commerce et d'œnologie, m'ont organisé une petite soirée entre amis, et leurs amis respectifs. Je me prépare dans ma salle de bain, prenant soin de bien m'habiller. Après tout, on n'a pas tous les jours 30 ans, c'est un cap important dans la vie, même si, entre nous, ce n'est pas 40 ans qu'on traverse la fameuse crise existentielle, non ?

Bref, je me mets sur mon 31. Un beau jean noir, une chemise blanche impeccable, et une veste bleu foncé. Je jette un dernier regard dans le miroir, je me coiffe rapidement, un peu de gel dans mes cheveux noirs de jais, et je suis prêt. Mon regard, lui, brille d'un bleu profond, chance que j'ai héritée de mon père, tout comme ma taille je mesure 1m75. Un peu de parfum aux notes boisées, et hop, je saute dans ma BMW cabriolet, direction Bordeaux, chez mon ami Raphaël.

Raphaël, c'est le tombeur de ces dames. Il a des origines anglaises, avec ses cheveux blonds blé et ses yeux couleur océan. Elles sont toutes folles de lui et de son accent. Je ne lui en veux pas de me voler parfois la vedette. Mais ce soir, c'est moi la star.

La soirée bat son plein. Heureux de retrouver mes amis et de voir de nouvelles têtes, c'est toujours agréable de faire de nouvelles connaissances et d'élargir son cercle social. Les conversations vont dans tous les sens, les rires résonnent dans mes oreilles, tout se passe à merveille. Nos verres remplis d'alcool réchauffent l'atmosphère.

Puis, soudainement, la porte de l'appartement de Raphaël s'ouvre. Mon regard se fixe instantanément sur la personne qui vient d'entrer.

Je ne la vois que de dos, mais son élégance raffinée me frappe. Elle est mince, ses cheveux noirs comme du corbeau tombent jusqu'à ses épaules, et elle porte une belle robe rouge avec des escarpins noirs. Elle se retourne et nos regards se croisent. Les siens sont d'un bleu ciel, un bleu qui me fait perdre pied.

Mais qu'est-ce qui m'arrive ? Je n'ai jamais ressenti ça auparavant.

Elle s'approche de Raphaël, puis de moi, et nous tape la bise tout en me tendant un cadeau. Un peu perdu par sa beauté, presque en bégayant, je la remercie. Elle dégage une aura si enveloppante, avec son parfum de jasmin et sa voix aussi douce que le miel, que j'aurais voulu arrêter le temps, juste pour être avec elle à cet instant précis.

Sortant de ma rêverie, je continue à discuter avec Raphaël, tandis qu'elle s'éloigne pour aller saluer les autres convives et se prendre un verre.

Une seule question me taraude : d'où Raphaël connaît-il cette splendide créature, et comment s'appelle-t-elle ?

Raphaël, avec son sourire béat et cet air de quelqu'un qui sait quelque chose qu'il ne veut pas dire, m'informa qu'il avait rencontré cette femme lors de l'enterrement de son grand-père, juste avant que l'on le mette en terre.

Je restai figé un instant, les sourcils froncés, essayant de comprendre si Raphaël était en train de me faire une blague de mauvais goût ou si, au contraire, il était sérieux. Je scrutais son visage, mais il ne semblait pas du tout plaisanter. C'était ce sourire étrange, celui qui trahissait une part de vérité cachée, comme si tout ceci était normal pour lui.

Sérieusement ? dis-je, encore perplexe. Il hocha la tête, totalement détendu, et continua. Oui, elle était là. Elle a pris une pause cigarette, juste comme moi. C'était un moment intense, mais tu sais... Il marqua une pause, et j'eus l'impression que quelque chose d'étrange flottait dans l'air.

Je restais là, immobile, essayant de digérer ce qu'il venait de dire. La scène de l'enterrement me revint soudainement en tête. C'était il y a quelques mois, le visage de son grand-père à peine reconnaissable dans ce cercueil. Pourtant, il y avait quelque chose d'apaisant dans ses traits. La maquilleuse avait accompli un travail presque irréel : il semblait presque endormi, paisible, dans une sérénité étrange, comme si la mort n'avait pas osé l'effrayer. C'était difficile à expliquer, mais ce calme dans son visage, malgré l'horreur de la situation, m'avait profondément marqué.

Et là, Raphaël, presque indifférent à l'impact de ses paroles, ajouta : C'est elle qui s'est occupée de mon grand-père. Elle a maquillé son corps avant qu'il ne soit mis dans le cercueil.

Je n'arrivais pas à y croire. C'était comme un coup de poing en plein cœur. Les mots me manquaient. Mon esprit se déconnecta un instant, cherchant désespérément une logique, une explication. Comment étais-je censé réagir ?

Cette femme, celle que j'avais croisée tout à l'heure, avait maquillé la mort. Elle avait pris soin de son grand-père après sa disparition, elle avait posé ses mains sur lui. C'était presque trop étrange, trop irréel. Elle était là, en train de sourire, de discuter et de boire un verre, mais dans ma tête, elle représentait désormais un point de bascule, quelque chose de surnaturel. Je ne savais plus si c'était le vin qui me montait à la tête ou si le destin jouait un tour particulièrement cruel.

Mes pensées furent interrompues lorsque Raphaël, l'air jovial et insouciant, se tourna vers moi avec une énergie nouvelle. Ah, eh bien tiens, Marie, viens ici s'il te plaît ! » lança-t-il, en tapotant sur l'épaule d'une silhouette qui se dirigeait vers nous, tout sourire. Je vais te présenter à la star de la soirée, si tu veux bien.

Il se leva, et d'un geste rapide, il me fit signe de le suivre. L'atmosphère de la soirée, jusque-là festive et légère, semblait soudainement plus dense, comme si un voile invisible était tombé entre moi et les autres invités. Je n'avais plus qu'une pensée en tête : cette femme, cette Marie, qui avait été là, si près de moi, sans que je le sache. Une vague d'étrangeté m'envahit. Je la regardai s'approcher de nous avec une démarche gracieuse, presque hypnotique. Ce parfum lourd de jasmin me frappa à la gorge, et je me sentis, à cet instant précis, comme suspendu dans le temps.

Elle s'arrêta devant moi, tendant la main avec un sourire doux, l'un de ces sourires qui semblent tout dire sans rien dire. Je la remerciai d'un ton un peu distant, encore sous le choc de ce que j'avais appris, et je me rendis compte que je ne savais même pas comment réagir. Elle dégageait une aura étrange, comme si elle appartenait à un autre monde. Il y avait quelque chose dans son regard, une profonde sagesse mélangée à une forme de tristesse infinie, que je n'arrivais pas à comprendre.

Raphaël, quant à lui, semblait tout à fait à l'aise. Il se tenait près d'elle, avec ce sourire confiant qu'il affichait à chaque occasion, sans se soucier de l'impact de ses mots. Marie, voici mon ami. Je lui ai parlé de toi tout à l'heure.

Elle me regarda une nouvelle fois, et son regard, bleu comme l'océan, sembla me percer à jour. C'était déroutant, presque perturbant. Elle s'éloigna ensuite, disparaissant dans la foule des invités, mais son parfum et son regard me laissèrent une sensation de vide et d'incompréhension.

Plus tard dans la soirée, je ne pouvais m'empêcher de penser à Marie. Il y avait quelque chose en elle qui m'attirait comme un aimant, un mélange étrange de fascination et de mystère. À un moment donné, je n'ai pas pu résister plus longtemps. Je décidais de la rejoindre, de l'approcher et d'en savoir un peu plus sur cette étrange créature, celle qui avait pris soin du grand-père de Raphael après sa mort, cette femme qui semblait venir d'un autre monde.

Je la trouvai sur le balcon, seule, le vent léger ébouriffant ses cheveux noirs. La scène semblait sortie d'un film, avec la lumière tamisée de la soirée et le silence qui s'était installé autour de nous. Je pris mon courage à deux mains et m'approchai d'elle.

— Salut Marie, tu veux un verre ?

Lui proposai-je en lui tendant une flûte de champagne, tentant de cacher mon intérêt soudain et la curiosité qui bouillonnait en moi.

Elle me regarda, un sourire tranquille aux lèvres.

— Pourquoi pas, répondit-elle d'une voix calme, douce.

Elle accepta le verre et se tourna vers la balustrade, observant la ville en contrebas. La soirée, les rires et la musique semblaient loin, et tout d'un coup, ce moment semblait d'une intensité rare. Nous nous installâmes confortablement, et je sentais que je devais poser les bonnes questions, comprendre pourquoi elle avait ce métier si particulier, si macabre.

— Raphaël m'a dit que tu t'occupais de ton travail avec une attention particulière... C'est un métier assez rare, non ? Dis-je, essayant de formuler mes pensées avec délicatesse, tout en sentant un certain malaise me monter en moi à l'idée même de ce dont j'allais parler.

Elle tourna son regard vers moi, ses yeux bleu clair se posant sur les miens, comme si elle sondait mes pensées avant de répondre.

— Oui, c'est un métier particulier… Je suis thanatopractrice, ou ce qu'on appelle aussi une maquilleuse funéraire.

Elle marqua une pause avant de reprendre, comme si le sujet méritait un peu de réflexion.

— Je travaille sur les défunts pour leur rendre une apparence paisible, apaisée… pour qu'ils puissent reposer dans la dignité. Ce n'est pas un travail facile, tu sais. Ce n'est pas simplement maquiller des visages… C'est aussi un accompagnement, une façon de montrer du respect pour ceux qui partent.

— Je restais silencieux, ne sachant pas si j'étais fasciné ou dégoûté par ce que j'entendais. C'était un sujet qui m'était étranger, même si, en y réfléchissant, j'avais toujours eu une peur irrationnelle de la mort.

— Et… comment t'es venue l'idée de faire ce métier ? demandai-je, curieux mais aussi un peu gêné d'aborder un tel sujet.

Elle se tourna lentement, son regard fixé sur l'horizon, comme si elle se souvenait du moment exact où tout avait commencé.

— Depuis toute petite, j'ai été fascinée par la mort. Pas de manière morbide, tu comprends, mais plutôt comme un passage naturel, quelque chose d'inévitable. J'ai toujours eu envie de comprendre ce qui se passe après, comment les gens la vivent, et comment on peut rendre ce moment aussi serein que possible.

Elle haussait les épaules, comme si tout cela était une évidence pour elle.

— J'ai appris ce métier, pas de la manière classique, mais en suivant un chemin qui m'a paru juste. Quand j'ai eu l'opportunité de travailler en tant que thanatopractrice, je n'ai pas hésité une seconde.

Je me sentais un peu perdu dans ses mots. Elle en parlait si naturellement, sans hésitation, comme si cela faisait partie d'elle. Mais moi, j'étais là, incapable de chasser cette petite voix qui me disait que tout ça me semblait à la fois étrange et fascinant.

— Et… est-ce que ça t'aide à ne pas avoir peur de la mort ? Demandai-je, presque

involontairement, avant

d'ajouter :

Ou au contraire, est-ce que ça t'intéresse encore plus de savoir comment on prend soin des morts ?

Elle me regarda intensément.

— La mort ne me fait plus peur, répondit-elle calmement. Parce que j'ai compris qu'elle fait partie de la vie. C'est une étape naturelle, pas quelque chose qu'il faut fuir ou ignorer. Mon travail m'a permis d'apprivoiser cette réalité. Mais…

Elle marqua une pause, son regard devenu plus sérieux.

— Ce qui m'intéresse, c'est ce que ça représente pour ceux qui restent. Comment le corps, l'âme, sont traités, et comment on permet à la mémoire de vivre après la disparition.

Je frissonnai en entendant ses mots. C'était un discours que je n'avais jamais entendu, une vision du monde que je n'avais jamais envisagée.

— Et tu penses qu'un jour quelqu'un s'occupera de moi quand je mourrai ? Demandai-je, avec un léger sourire nerveux, comme pour masquer l'angoisse qui montait en moi.

Elle sourit doucement.

— Peut-être. Mais tu sais, le plus important, ce n'est pas ce qu'on fait après la mort. C'est comment on vit avant.

Elle se leva alors, ajustant sa robe rouge avec une élégance qui semblait immuable, comme si chaque mouvement qu'elle faisait avait été prévu dans les moindres détails.

— Si tu veux, un jour, je peux te montrer comment on travaille dans une pompe funèbre. Ce n'est pas pour tout le monde, mais c'est un métier qui a ses raisons.

Je la regardai partir, chaque mot qu'elle venait de dire résonnant dans ma tête. Il y avait quelque chose de profond dans sa manière de parler de la mort, de l'inexorable passage du temps. Une aura de sérénité, mais aussi une étrange forme de détachement. Et moi, j'étais là, perdu dans mes pensées, me demandant si ce que j'avais entendu ce soir allait m'aider à comprendre ma propre peur de la mort ou si, au contraire, il allait me mener plus loin dans l'inconnu.

La soirée toucha bientôt à sa fin. La plupart des invités avaient pris un taxi ou étaient rentrés chez eux en train, laissant la maison de Raphaël étonnamment calme. Mais, par pure coïncidence, Marie et moi étions les derniers à rester, comme si la nuit avait décidé de nous offrir un peu plus de temps ensemble. Nous ne pouvions pas reprendre nos voitures, évidemment, à cause de l'alcool que nous avions consommé plus tôt dans la soirée. Alors, nous nous retrouvâmes à devoir passer la nuit-là, chez Raphaël.

Raphaël, toujours aussi accommodant, nous laissa sa chambre et nous confia le grand lit. Lui, de son côté, s'installerait sur le canapé, un vieux modèle qui n'était pas convertible, mais qui ferait l'affaire. La situation était un peu cocasse. Je me demandais si ce genre de compromis ne créait pas un malaise, mais en même temps, je ne pouvais m'empêcher de ressentir une certaine satisfaction d'être là, dans la même pièce qu'elle, seul avec elle, après cette soirée étrange et captivante.

Je lui laissai le côté droit du lit, moi prenant l'autre côté, tout en demandant à Raphaël, dans un élan de politesse, de me prêter un pyjama. D'habitude, je dormais torse nu avec un boxer, mais la situation m'obligeait à être plus respectueux envers la présence d'une femme. Elle, de son côté, semblait totalement à l'aise, comme si tout ça lui était naturel. Le confort dans la situation m'étonnait presque autant que l'envie grandissante de discuter encore plus avec elle. Nous profitions de ce moment de calme pour échanger davantage. Marie Lemoine, 35 ans, vivait à Libourne, à quelques pas de chez moi. Cela faisait tilt dans ma tête. Elle était si proche, et pourtant, ce soir-là, je la découvrais sous un tout nouveau jour.

À mesure que la conversation se poursuivait, un étrange sentiment de proximité naquit entre nous, même si les mots devenaient de plus en plus rares. Au fur et à mesure que nous parlions, nos corps se frôlaient parfois sans le vouloir, et ses cheveux effleuraient mon visage, un geste si léger mais qui me donnait des frissons. J'étais captivé par la douceur de sa voix, et le parfum délicat qui émanait d'elle m'enivrait presque. Je n'avais jamais été aussi sensible à ces petites choses. La nuit, alors que je me blottissais sous les couvertures, je pouvais encore sentir son parfum flottant dans l'air, comme une caresse discrète, presque irréelle.

Je m'endormis cette nuit-là comme une loutre, épuisé, mais avec des rêves tumultueux plein la tête. C'était une nuit courte, mais étrangement paisible, comme si tout ce qui s'était passé ce soir-là avait trouvé une forme de quiétude dans mon esprit. Pourtant, tout n'était pas aussi simple, et je savais qu'au matin, il faudrait affronter le monde et nos réalités respectives. Mais pour l'instant, tout ce qui comptait, c'était cet instant suspendu dans le temps.

Le lendemain matin, après un petit-déjeuner tranquille, nous partîmes tous les deux. Raphaël, toujours aussi souriant, nous accompagna à la porte en nous remerciant à son tour pour la soirée. Quant à moi, je me retrouvais seul avec

Marie, marchant côte à côte, nos pas synchronisés dans la rue calme. À l'instant où nous arrivâmes près de sa voiture, je lui adressai quelques mots, la remerciant sincèrement pour la conversation que nous avions eu la veille. Je lui proposai de venir un jour chez moi, au vignoble, pour boire un verre, et glissai mon numéro de téléphone dans sa main, un geste maladroit mais sincère. Avant qu'elle ne monte dans sa voiture, je déposai un baiser léger sur sa joue, une petite marque d'affection qui semblait juste à ce moment-là. Puis je me retournai et remontai la rue pour rejoindre ma propre voiture.

Durant tout le trajet de retour, son doux nom résonnait sans cesse dans ma tête.

J'avais comme l'impression qu'il était gravé quelque part, dans un coin de mon esprit, et je n'arrivais pas à m'en défaire. J'étais perdu dans mes pensées, analysant chaque mot, chaque regard échangé. Je n'avais pas eu une telle sensation depuis longtemps, peut-être même jamais.

De retour chez moi, je me laissai aller à une après-midi de flânerie. Je m'installai confortablement dans le salon, lançant un film sur Netflix sans vraiment le regarder. Plus souvent qu'à mon tour, je jetais un coup d'œil furtif à mon téléphone, espérant qu'un message de Marie apparaisse. Mais rien. Pas même un simple "merci pour la soirée".

Peut-être que je m'étais précipité. Peut-être que lui donner mon numéro trop tôt était une erreur. Et si je ne lui plaisais pas ? J'avais l'impression d'être passé pour un idiot, trop direct, trop rapide. Tout ça semblait tellement étrange, comme si tout ce que j'avais fait en une soirée était trop intense, trop rapide. Mais comment en vouloir à cette impulsion qui m'avait poussé à agir ainsi ? Comment ne pas le regretter ?

Je me maudissais intérieurement, détestant cette incertitude qui m'envahissait. C'était ridicule. D'habitude, je n'étais pas ce genre de personne. J'avais toujours eu des relations éphémères, sans attaches ni promesses d'avenir. Mais avec Marie, c'était différent. Une seule soirée et tout avait changé. Je ne savais pas exactement ce qui m'était arrivé, mais je savais que, d'une manière ou d'une autre, elle m'avait ensorcelé. Et moi, j'étais là, complètement sous son charme. Elle avait en quelque sorte fait tourner ma tête, et je ne savais plus si c'était un bien ou un mal.

La nuit tomba, et toujours aucune nouvelle. La frustration commençait à me ronger. Peut-être que j'étais trop impatient, trop vulnérable après tout ce qui s'était passé. Je décidai de ne pas y penser plus longtemps. Je me couchai tôt, histoire de recharger mes batteries pour le lendemain, car une livraison était prévue. Mais dans le fond, mes pensées restaient accrochées à elle, et je savais que, quoi qu'il arrive, je n'arrêterais pas de penser à Marie.

Les quinze jours qui s'étaient écoulés depuis mon anniversaire semblaient s'étirer sans fin. Je m'étais peu à peu fait à l'idée que Marie ne donnerait pas suite à notre rencontre. Peut-être que je n'étais pas ce qu'elle recherchait, ou bien ma tentative d'être trop direct avait tout gâché. Quoi qu'il en soit, j'avais cessé d'attendre un signe de sa part. Il était temps de tourner la page.

C'est alors que mon téléphone vibra, me sortant de mes pensées. Je vis le nom de ma mère s'afficher sur l'écran. Dès la première seconde où j'entendis sa voix tremblante, je compris que quelque chose n'allait pas. Ses mots se bousculaient, mais ils étaient clairs : mon père avait été hospitalisé d'urgence. Une embolie pulmonaire, apparemment soudaine, qui avait gravement affecté son état. Les médecins étaient pessimistes sur ses chances de survie. Ses jours, voire ses heures, étaient comptés.

Je raccrochai précipitamment, mes mains tremblantes, et je fonçai à l'hôpital de Libourne. La route me parut interminable, chaque seconde me rapprochant de ce qui semblait inévitable. Quand j'arrivai enfin, je fus accueilli par ce silence oppressant des couloirs hospitaliers. Mon père était là, allongé sur son lit d'hôpital. Son visage, autrefois familier et plein de vie, semblait presque irréel. Ses traits étaient tirés, cadavériques, comme si la vie s'était lentement échappée de lui. Le regard vide, il semblait être déjà parti, même si son corps était encore là.

Je restai près de lui, silencieux, sans savoir quoi faire, quoi dire. Ma mère, épuisée, était assise dans un fauteuil à côté, dormant à moitié. Je n'arrivais pas à détacher mes yeux de mon père. Les heures s'étiraient alors que la nuit enveloppait l'hôpital d'un voile de tristesse.

Le souffle de mon père devint de plus en plus faible, et la douleur de le voir ainsi m'étreignait le cœur. Puis, un dernier souffle. Un dernier tremblement. La machine se mit à biper frénétiquement, annonçant ce que je savais déjà au fond de moi : son cœur s'était arrêté.

Je me levai brusquement, appelant un médecin dans le couloir, mes mots saccadés par l'émotion. Ma mère, qui venait de se réveiller, se leva aussi et s'approcha de moi. Elle me prit par les épaules, d'un geste lent, et m'expliqua que mon père avait signé une décharge pour éviter tout acharnement thérapeutique. Il ne voulait pas de réanimation.

Le poids des mots me frappa de plein fouet. Un cri étouffé se perdit dans ma gorge, mes sanglots s'intensifièrent à chaque mot que je prononçais. Tout se brouillait autour de moi. Mes mains tremblaient, mon cœur battait à tout rompre, mais il ne pouvait rien y faire. Le silence de la chambre semblait dévorer chaque son, chaque respiration.

Je m'assis au bord du lit, près de lui, et dans un dernier murmure, je lui dis au revoir. "Je t'aime." C'était tout ce que je pouvais lui dire à ce moment-là. Puis je me levai lentement, ne sachant plus si j'étais encore capable de respirer, en laissant la pièce derrière moi, empli de ce vide immense.

Les funérailles eurent lieu quelques jours plus tard, dans ce cimetière où, comme prévu, tous ceux qui avaient connu mon père étaient là pour lui dire un dernier adieu. Des amis de longue date, des membres de la famille, des clients qui avaient partagé des moments de sa vie, tous étaient venus pour lui rendre hommage. Il y avait cette atmosphère lourde, pleine de silence et de respect. La cérémonie fut sobre et émouvante, prononcée par le prêtre qui, d'une voix calme, évoqua les dernières paroles de mon père et la foi qui pouvait peut-être le conduire vers le Seigneur. Mais quelque part, une pensée persistait en moi. Avait-il réglé toutes ses dettes envers lui ? Avait-il trouvé la paix nécessaire pour franchir les portes du paradis ?

Je repoussais ces questions, ne voulant pas qu'elles me hantent davantage. À cet instant, tout ce qui comptait était la douleur que je ressentais en regardant ma mère, la personne qui m'avait toujours soutenu, effondrée par la perte de l'homme avec qui elle avait partagé sa vie. Son visage, marqué par la souffrance, était une image qui me brisait le cœur à chaque regard. Ses larmes ne semblaient jamais vouloir s'arrêter, et chaque sanglot me transperçait l'âme. Elle semblait perdue, engloutie dans un vide qui semblait incommensurable.

Je savais qu'il me faudrait du temps pour accepter cette réalité, mais je savais aussi que, pour elle, le chemin de guérison serait bien plus long. Il n'y avait pas de remède miracle, pas de paroles magiques pour effacer cette douleur, mais je voulais être là pour elle. Une fois la cérémonie terminée, je m'approchai d'elle et lui proposai doucement de venir passer quelques jours chez moi. Maman, viens chez moi, je veux que tu sois entourée.

Prends ton temps, repose-toi, tu n'as pas à affronter ça seule. C'était la seule chose que je pouvais offrir pour l'aider à retrouver un peu de sérénité, même si je savais que cela ne résoudrait pas tout. Mais j'espérais de tout cœur que cela l'aiderait à commencer à guérir, à sortir peu à peu de l'ombre de cette perte.

Je voulais qu'elle sache qu'elle n'était pas seule, qu'il y avait encore des jours à venir, même si pour le moment, tout semblait sombre.

Cette nuit-là, je fis un rêve étrange, presque irréel, mais terriblement réel à la fois. Je me retrouvais dans une forêt sombre et humide, un lieu où la végétation dense, les racines entrelacées des arbres centenaires, semblait m'engloutir peu à peu. Je perdis pied sur une racine, glissant dans l'obscurité. Le souffle court, mon esprit dérivait, pris dans un tourbillon de pensées qui se bousculaient. Les arbres semblaient m'observer, leurs branches nues tendues comme des bras prêts à me saisir. Je m'y sentais piégé, encerclé par la nuit noire, dans une prison de solitude. Les craquements autour de moi se faisaient de plus en plus forts, comme si quelque chose se rapprochait.

Mon ouïe se saturait des hurlements d'outre-tombe, un vent glacial m'envahissait, me transperçant jusqu'aux os. La pluie se déversait, se mêlant à la terre, formant une boue épaisse qui m'enveloppait et m'alourdissait. Chaque pas m'enfonçait un peu plus. Mes pensées s'embrouillaient, et je me demandais si ce serait ainsi que je finirais, englouti par la terre, dans l'anonymat, sans jamais avoir eu de véritable place dans ce monde.

Je pensais alors à cette légende, à cette idée d'un phénix qui renaît de ses cendres. Et si c'était moi, mais au lieu de renaître, je ne serais qu'un corps mort, abandonné, sans personne pour pleurer sur ma tombe ? Cette pensée m'assaillait.

Je me sentais comme un étranger dans ma propre peau. Pourquoi avais-je choisi de me punir ainsi, d'étouffer dans ma propre existence ? Je voulais respirer, me libérer de cette souffrance, me sentir vivant, mais je n'arrivais pas à sortir de cet état. J'avais envie de tout effacer d'un seul coup, de boire jusqu'à ne plus sentir la douleur, mais je savais qu'il me fallait plus que ça. Je voulais retrouver la paix, m'échapper de ce mal-être qui m'envahissait sans fin. Mais au fond, je savais aussi que ces chaînes que je portais étaient celles que je m'étais forgées, des marques de ma propre existence.

Les hallucinations, cette souffrance, tout cela se mélangeait dans ma tête, et je n'étais plus sûr de rien. Je voulais retrouver le contrôle, sentir que j'étais maître de moi-même, que je pouvais affronter ce chaos intérieur. Je voulais y croire. Je priai silencieusement pour que ce tourbillon cesse.

Je fus soudainement réveillé en sursaut, le cœur battant, la sueur glacée sur mon front. Cette nuit-là, la mort me terrifiait. J'avais le sentiment que l'ombre de la mort était proche, que je ne contrôlais plus rien, que tout m'échappait.

Les jours passèrent, et une semaine plus tard, je reçus un SMS de Marie. *"Salut Mathieu, je voulais te présenter toutes mes condoléances à ta famille et à toi. Si tu as envie de te changer les idées, on pourrait aller boire un verre. Désolée de ne pas t'avoir envoyé de message plus tôt, mais j'ai eu beaucoup de travail. Je t'embrasse. Marie."*

Je me sentis soudainement pris dans un tourbillon d'émotions. C'était étrange, mais pas si étonnant, que Marie ait su ce qui s'était passé. Elle avait, après tout, pris en charge les arrangements pour les funérailles de mon père, s'occupant de préparer son dernier voyage. Je laissai passer quelques heures avant de répondre.

"Bonjour Marie, je te remercie. Avec plaisir pour boire un verre, ça me fera du bien. Passe au vignoble vendredi soir à 20h."

Je savais que ma mère ne serait pas là. Elle avait décidé de réintégrer leur maison pour commencer à faire le ménage dans les affaires de mon père et entamer le difficile processus de deuil. Mais je savais aussi qu'elle ne l'oublierait jamais. Il était trop tôt pour elle, trop tôt pour tout. Quant à moi, je n'étais pas certain de ce que je ressentais, mais je voulais simplement respirer, ne pas penser pour un instant. Peut-être que ce verre avec Marie m'aiderait à y voir plus clair.

Vendredi soir, j'aperçus de loin la petite Fiat 500 de Marie. Un sourire discret se dessina sur mon visage. Je m'approchai rapidement et ouvris la portière pour la laisser sortir. Même vêtue de baskets, avec son petit jean bleu et sa chemise rose, elle rayonnait. Il y avait quelque chose de presque irréel dans sa beauté, une douceur palpable qui m'envahissait. Son parfum, toujours aussi envoûtant, m'effleura les narines, et sa peau, douce au contact de mes lèvres lorsqu'elles se posèrent brièvement sur sa joue, me réchauffa le cœur. Son sourire éclatant, presque lumineux, semblait effacer une partie de la lourde douleur que j'avais porté ces dernières semaines.

Je l'invitai à entrer chez moi et la conduisis dans le salon, où j'avais préparé une petite table avec des verres à vin. J'allais à la cave chercher une bouteille de Merlot, un vin rouge, fruité et léger. Je la versai, et nous trinquâmes, levons nos verres à l'avenir, à la vie, à tout ce qui restait à venir, loin des ombres du passé.

Les yeux pétillants de Marie et ses lèvres pulpeuses m'envoûtèrent. Une envie irrésistible me traversa, celle de l'embrasser, de la prendre dans mes bras. Mais je n'osais pas faire le premier pas, redoutant de la brusquer, de franchir un pas que je n'étais pas certain de pouvoir revenir en arrière. Elle, cependant, semblait percevoir cette tension silencieuse. Doucement, sans un mot, elle se rapprocha de moi et, dans un élan de tendresse, m'embrassa. Ses lèvres étaient aussi douces que du miel, et en un instant, mon cerveau sembla se déconnecter de la réalité. Je me perdis dans un tourbillon d'émotions, une sensation de bien-être absolu m'envahit, comme un coup de foudre inattendu.

Elle m'enlaça avec une telle ferveur, une tendresse infinie, que je n'avais jamais ressenti cela auparavant. Je n'arrivais pas à croire que ce moment soit réel. Cela semblait trop parfait, trop beau pour être vrai. Mais au moment où nos lèvres se séparèrent, nos yeux se croisèrent, remplis d'émerveillement. La soirée ne pouvait que bien se terminer.

La nuit était déjà bien avancée lorsque je lui proposai de rester dormir ici, avec moi. Elle accepta sans hésiter, et je la guidai doucement vers ma chambre. Ce n'était pas la première fois que nous allions dormir ensemble, mais cette fois, il y avait une différence : je pouvais la prendre dans mes bras, la cajoler, l'embrasser sans me retenir. Sa présence me faisait un bien fou, apaisait mes tourments, effaçait presque les semaines de tristesse et de douleur. J'avais l'impression de pouvoir enfin respirer, de retrouver une certaine légèreté, de revivre.

Je n'osais même pas penser à ce qui pourrait se passer. Mais une part de moi espérait, surtout, que cette nuit, aucun cauchemar ne viendrait troubler ce moment précieux.

Au petit matin, les premiers rayons de soleil se glissèrent à travers les volets, projetant une douce lueur dans la chambre. J'ouvris les yeux et la vis encore là, blottie dans mes bras. Cette nuit, aucun cauchemar n'était venu troubler mon sommeil, comme si sa présence avait chassé mes tourments. J'étais aux anges. Voir son visage serein, presque angélique, me donnait envie de lui murmurer des mots tendres, mais je me retins, de peur de brusquer l'intensité des sentiments que je commençais à éprouver pour elle.

Elle s'éveilla doucement, me gratifiant d'un sourire à moitié endormi avant de se lever et de se diriger vers la cuisine. J'y avais déjà préparé un petit-déjeuner : des œufs brouillés, du bacon, des fruits frais, et un grand verre de jus d'orange fraîchement pressé. Lorsqu'elle aperçut le festin, elle s'approcha de moi, m'embrassa tendrement et passa ses bras autour de mon cou, me remerciant pour la nuit passée et pour cette délicate attention du matin.

Nous déjeunâmes ensemble en silence, savourant chaque instant. Bien que le week-end ait déjà commencé, nous souhaitions prendre les choses doucement, sans précipitation. Plus tard, elle reprit la route, me laissant un sourire et une promesse de nous revoir bientôt. Ce matin-là, j'avais l'impression que tout reprenait un peu de couleur, que les jours sombres s'éloignaient peu à peu.

Promesse tenue : nous faisions en sorte de nous voir au moins deux fois par semaine, malgré nos emplois du temps chargés. Ces moments passés avec Marie redonnaient peu à peu des couleurs à ma vie, et après quelques mois, j'ai finalement décidé de la présenter à ma mère. Elle, aussi, commençait à reprendre goût à la vie. Elle espérait même que Marie soit "la bonne" pour moi, rêvant déjà de petits-enfants.

Ce qu'elle ignorait, c'est que ni Marie ni moi ne voulions d'enfants. J'avais abordé le sujet avec Marie, discrètement, et elle avait partagé mon avis. Un profond soulagement m'avait envahi, car je ne me voyais pas père, hanté par la peur de reproduire les erreurs de mon propre père. Cette peur était enracinée en moi, une blessure qui n'avait jamais vraiment cicatrisé.

Un an plus tard, Marie s'installa chez moi. Le deuil de mon père avait fait son chemin, et je me sentais prêt à l'accompagner dans son monde, même si celui-ci touchait de près à la mort. Un jour, elle m'emmena aux pompes funèbres pour m'expliquer les étapes de son travail : la thanatopraxie. Elle me montra comment retirer un pacemaker, comment conserver le corps et préparer la peau pour le maquillage. Elle détaillait chaque étape avec précision, pratiquant les gestes devant moi avec une grande maîtrise.

À certains moments, je sentais un haut-le-cœur monter ; après tout, je n'étais pas habitué à côtoyer la mort de si près. Mais Marie continuait, avec une patience admirable, à me montrer les instruments et les produits utilisés. Ce qui aurait dû être déroutant m'apparut soudain fascinant, presque envoûtant. La récolte du sang me rappelait un peu le moment où l'on verse du vin dans une bouteille, une sorte de rituel calme et méthodique.

Cette journée fut incroyablement enrichissante pour moi. J'étais reconnaissant envers Marie d'avoir partagé cet aspect de son monde avec moi, sans retenue ni crainte.

Après trois ans de relation avec Marie, notre vie de couple avait traversé des hauts et des bas, comme tous les couples. Récemment, j'avais remarqué qu'elle faisait beaucoup d'heures supplémentaires. Je n'y avais pas prêté trop attention jusqu'à une nuit, lors d'un déplacement professionnel, où, en l'appelant depuis ma chambre d'hôtel, j'ai senti une certaine distance dans sa voix. Elle a prétexté être fatiguée, et, bien que troublé, je lui ai souhaité une bonne nuit, promettant d'être de retour le lendemain.

Le lendemain, en rentrant chez moi, j'ai découvert que Marie n'était pas encore rentrée. J'ai donc profité du temps libre pour défaire mes affaires et lancer une lessive. À ma surprise, la machine était déjà pleine, avec des draps que nous venions tout juste de changer. En les sortant pour ajouter mes vêtements, mon cœur s'est serré en découvrant un boxer qui ne m'appartenait pas.

Lorsque Marie est rentrée ce soir-là, elle m'a accueilli chaleureusement et m'a demandé si ma journée s'était bien passée. J'ai mentionné, en passant, que j'avais mis mes affaires à laver et étendu le linge qui se trouvait déjà dans la machine. À ce moment, je l'ai vue hésiter, comme prise au dépourvu, puis elle m'a souri et a dit : « Chéri, tu aurais dû te reposer, j'aurais fait ça. » Elle a alors prétendu avoir une surprise pour moi, m'entraînant dans un bain préparé avec soin, bougies et verre de vin inclus. Puis, elle s'est affairée en cuisine, dressant la table pour un dîner en tête-à-tête. Malgré l'atmosphère romantique qu'elle tentait de créer, mes doutes s'intensifiaient, mais je me suis contenu et ai gardé mon calme.

Quelques semaines plus tard, Marie m'a annoncé qu'elle partait en week-end avec une amie pour lui remonter le moral. La laissant partir, j'ai décidé de vérifier son alibi en appelant cette amie le soir même, sous prétexte que je n'arrivais pas à joindre Marie. L'amie a hésité un moment, puis a confirmé à contrecœur que Marie était bien arrivée chez elle, ajoutant maladroitement qu'elle était sortie faire des courses.

Déterminé à en avoir le cœur net, je me suis mis à planifier un projet plus sinistre. Dans la cave, je créai une pièce secrète, insonorisée, équipée d'un lit, d'un frigo, et d'un bureau avec matériel informatique. Je plaçai des caméras de surveillance discrètes dans des objets à travers la maison, toutes reliées à mon ordinateur. La pièce secrète était camouflée pour se fondre dans le mur de la cave, accessible seulement par un mécanisme via mon smartphone.

Ce projet terminé, j'attendais désormais d'obtenir les preuves qui dissiperaient ou confirmeraient mes soupçons.

Deux mois passèrent, et malgré mes vérifications régulières des enregistrements dans la pièce secrète, rien de suspect n'apparaissait. Était-elle devenue plus prudente après ce week-end chez sa copine, ou étais-je simplement paranoïaque, rongé par ma propre jalousie ?

Puis, trois semaines plus tard, un nouveau déplacement professionnel me retint encore une nuit à l'hôtel. À mon retour, en fin de matinée, je descendis immédiatement dans la cave pour consulter les dernières vidéos. Ce que je vis me frappa comme une gifle : Marie, avec un autre homme, dans notre salon, sur notre canapé. Ma rage monta d'un coup, mais j'essayai de garder mon calme. En observant bien, je remarquai un nouveau sous-vêtement oublié, cette fois caché sous le canapé.

Quand Marie rentra de sa journée, elle semblait joyeuse, prête à retrouver notre complicité. Mon visage fermé et mon regard dur la stoppèrent dans son élan. Elle s'approcha pour m'embrasser, mais je la repoussai fermement. Surprise, elle resta figée, cherchant des explications dans mon regard. En silence, je sortis les deux boxers et les lui montrai, sans un mot. Elle pâlit instantanément, aussi blanche qu'un de ces cadavres qu'elle préparait au funérarium. C'était comme si, en cet instant, elle avait besoin de son propre maquillage pour retrouver un peu de couleur.

Elle commença, la voix tremblante :

— Je vais t'expliquer...

— Je ne veux rien entendre, répondis-je, glacé. Ce soir, tu prends tes affaires et tu pars. Chez ton amant, ou chez cette soi-disant copine. Tu fais ça sous notre toit, Marie, et tu pensais que je ne le saurais pas ?

J'avais confiance en toi... Je t'aimais d'une façon qui me dévorait. Mais là, c'est au-dessus de mes forces. S'il te plaît, pars au plus vite.

Je lui laissai une heure. Je ne voulais plus la voir en rentrant. Le cœur en morceaux, je me sentais comme frappé par une malédiction. La colère brûlait dans mes veines, menaçant de me transformer en quelqu'un d'autre. Pourtant, étrangement, un calme étrange me gagna. Je respirai profondément, comme si mon esprit avait mis en pause toutes mes pensées, me concentrant uniquement sur l'instant présent.

Janvier

Chapitre III

Me voila revenu à la maison, est Marie est belle est bien partie en laissant derriere elle les clés de la maison et un grand vide auquel je ne m' y attendais pas. Le vent à tourner si vite que j'en perd pied un tourbillion dans ma tete me fait vasiller comme si j'allais m'effondrait sur le sol. Meme le sol me paraisait flou et tremblant comme un tremblement de terre et qu' un grand trou béant aller m'aspirer.

Ce soir-là, j'ai vidé deux bouteilles de vin, noyant mon chagrin dans cet automne lugubre de novembre où la grisaille et la pluie se fracassaient contre les fenêtres. Les yeux rivés sur les flammes dans la cheminée, j'essayais de trouver un peu de réconfort dans leur danse hypnotique, mais en moi, tout n'était que chaos. Je me sentais perdu, prisonnier de mes propres sentiments, sans refuge. J'aurais voulu disparaître, comme une souris qui s'échappe dans les ombres, fuir cette relation qui m'avait détruit en un instant.

Les fêtes de Noël approchent, mais l'idée de célébrer m'échappe complètement. Je peine à surmonter le deuil de mon père, et maintenant, c'est aussi ma relation avec Marie que je dois enterrer. Qu'ai-je donc fait pour mériter une telle punition ? N'ai-je pas droit, moi aussi, à un peu de bonheur, à une vie à deux, ordinaire et joyeuse, comme celle de tant d'autres ? Ou bien le destin a-t-il prévu autre chose pour moi ? Parfois, l'idée d'aller me confesser à l'église me traverse l'esprit, comme une dernière tentative pour apaiser mes tourments. Le prêtre pourrait-il m'offrir des réponses, des mots qui calment ? Ou me dirait-il seulement de m'en remettre à Dieu, d'allumer une bougie, d'adresser mes plus belles prières pour que ce calvaire cesse enfin ?

Je dois rester fort pour le vignoble, éviter de sombrer. Mais en vérité, je n'ai jamais voulu de cet héritage ; j'aurais préféré être couturier. Un jour, lors d'une conversation avec ma mère, j'ai laissé échapper cette vérité : ce domaine, je n'en voulais pas, ce n'était pas mon choix. Je l'ai accepté pour eux, par devoir, et à présent, il me semble trop tard pour faire demi-tour. Je lui ai dit que je m'y tiendrais jusqu'à la retraite, mais elle n'a pas été vraiment surprise. Elle avait bien remarqué que je prenais soin de mes vêtements, que je savais coudre mes boutons, faire des ourlets, et même m'amuser à confectionner mes propres rideaux, couvre-lits, et housses de coussins. Pourtant, elle ne m'a jamais encouragé à envisager une autre voie. Peut-être avait-elle peur de la réaction de mon père. Que penserait-il ? Que je suis une mauviette ? Dans son esprit, coudre n'était pas une activité pour un homme ; cela relevait des femmes, ou de ceux qu'il voyait comme "faibles".

À quoi bon se battre pour une vie qui n'est pas la mienne, pour un avenir dont je n'ai jamais voulu ?

Janvier est déjà là, et l'année précédente s'est vite écoulée. Une nouvelle page se tourne, et j'espère que celle-ci sera meilleure que la dernière. J'ai tourné la page avec Marie ; je ne pense presque plus à elle, et son absence ne me fait plus mal. Je me consacre pleinement à mon travail.

Un matin de mi-janvier, alors que j'entends la cloche de la porte du magasin retentir, je lève la tête pour accueillir le client, et mon cœur se serre : c'est Marie. Elle entre, me salue, et, sans choix, je lui rends son bonjour par pure courtoisie. Elle m'explique qu'elle voudrait acheter une ou deux bouteilles de vin pour une soirée chez des amis. Je lui propose quelques variétés, et elle accepte, avant de m'adresser un sourire timide.

J'ai remarqué dès qu'elle a franchi le seuil qu'elle s'est teint les cheveux en blond. Elle commence par me faire un compliment, ce qui me déstabilise un instant. Je la remercie poliment et, par simple formalité, je complimente sa nouvelle couleur, bien que ce blond ne soit vraiment pas à mon goût. Elle me glisse alors, presque furtivement, qu'elle aimerait qu'on se revoie, qu'on discute un peu. Elle ajoute que, finalement, avec son copain, les choses ne se passent pas comme elle l'avait imaginé.

Intérieurement, un sourire amer se dessine. Alors, tu vois ce que tu as gâché pour un type incapable de te rendre heureuse ? Tout ce qu'il voulait, c'était ton corps, rien de plus.

Avec un sourire en coin, je réponds calmement : Avec plaisir. Je ne suis pas rancunier. Ce serait sympa de prendre un verre.

Mais derrière ce sourire, mes pensées sont bien plus sombres.

Quelques jours plus tard, mon téléphone sonne : un message de Marie, qui me propose de se voir chez moi pour une soirée, pour boire un verre ensemble. Je prends mon temps avant de répondre et lui écris : « Ok, vendredi, 20 h, chez moi, ça te convient ? »

Elle répond aussitôt : « J'ai hâte d'être à vendredi. Bisou. »

Vendredi après-midi, Marie m'écrit à nouveau :

"Salut, Mathieu, j'ai un problème de voiture… Tu pourrais venir me chercher chez moi ? J'appellerai un taxi pour rentrer. Je n'ai pas envie d'annuler notre soirée."

Je réponds : "Ok, je passe te prendre à 19 h, comme ça on dîne ensemble chez moi.

Elle réagit : "Super, à ce soir !"

À 19 h, je suis devant son appartement. Elle descend les escaliers avec cette élégance qui la caractérise. Elle monte dans ma voiture, dépose un léger baiser sur ma joue, et nous partons vers le vignoble.

En arrivant chez moi, je lui ouvre la portière. Elle descend et entre dans la maison, qu'elle connaît bien. En retirant son manteau rouge, elle révèle une petite robe noire en dentelle, qui épouse parfaitement ses courbes. Mon dieu, qu'elle est belle. Mais je chasse vite cette idée.

Nous nous mettons à table et discutons de tout et de rien. Elle s'excuse pour la façon dont on s'est quitté. Puis, deux verres à la main, nous nous installons sur le canapé. Elle se fait un peu plus entreprenante, me glisse quelques baisers. Je me laisse faire, mais je sens une autre intention en elle : au fil de la conversation, elle parle de ce type avec qui elle m'a trompé. Peu à peu, je réalise qu'elle veut se servir de moi pour le rendre jaloux. Elle croit que je vais être complice de son petit jeu.

À l'intérieur, quelque chose en moi éclate. Une rage sourde, venue d'un autre temps. Des souvenirs, des images : une femme sur le téléphone de mon père, en petite tenue. Mes pensées deviennent sombres, mes yeux se durcissent.

D'un geste lent, je l'embrasse. "Bouge pas, je reviens."

Je vais dans la salle de bain, trempe un mouchoir de chloroforme, puis reviens. Je pose le tissu sur son nez et sa bouche.

Elle se débat un instant, puis sombre. Je me perds dans mes pensées les plus noires, débarrasse la table, puis dépose son corps endormi sur la table. Je ne sais plus trop ce que je fais. C'est comme si quelque chose en moi prenait le contrôle.

Je prépare une aiguille pour lui prélever du sang. Lentement, méthodiquement, je laisse couler le liquide rouge dans une bouteille de vin. Au bout de quelques heures, j'ai extrait près de trois litres. Elle ne respire plus. Je murmure, presque sincèrement : "Je suis désolé pour tout ça, Marie." Elle m'avait pris pour un idiot.

Je la descends dans la cave, dans une pièce secrète, et la pose sur un vieux lit abandonné là. Je retourne dans le salon, m'assois, songe à ce que je vais faire du corps. L'idée me vient de l'enterrer sous un pied de vigne, dans une parcelle que je garde pour mon plaisir personnel.

Je passe toute la nuit à creuser, y déposer son corps, et recouvrir le tout. J'y laisse ses effets personnels, sauf ses clés du funérarium. Pourquoi ? Je ne sais pas encore, mais une partie de moi, celle qui a orchestré tout ça, le sait.

Après avoir refermé la tombe improvisée, je rentre, nettoie la cuisine, mets mes vêtements à laver, et prends un bain chaud. Cette nuit-là, je dors comme un enfant, apaisé par un soulagement que je ne comprends pas.

Le lendemain matin, je me réveille, étrangement heureux. Une nouvelle journée commence.

Février

Chapitre IV

Après les déboires de la veille avec Marie, le fait que je l'aie tuée, peut-être maladroitement et sans vraiment réfléchir à la manière de procéder, me hante. C'est comme si un démon en moi s'était réveillé, tapi dans l'obscurité, attendant une occasion bien particulière pour prendre le contrôle. Endormi depuis trop longtemps dans la précipitation des choses, son plan était bien plus sinistre que ce que je croyais, comparé à celui qu'il m'avait soufflé dans la nuit.

J'ai cette impression que le petit Mathieu, toujours docile et gentil depuis tant d'années, a réprimé ses sentiments pour plaire à tout le monde, restant bien loin derrière moi. Ma première étape consistait à m'inscrire sur un site de rencontre pour adultères.

Au regard du plan que Marie préparait, et de la manière dont elle m'a traité durant notre relation, en me cachant sa liaison secrète, je ressens un besoin pressant de tester toutes ces femmes. Je veux voir jusqu'où elles sont capables d'aller pour ruiner un couple marié ou, tout simplement, un couple qui dure depuis des années. Oh non, mesdames, vous n'êtes pas toutes fautives ; ces messieurs aussi sont lâches de se laisser séduire par des déesses des enfers.

Mais aujourd'hui, c'est avec moi que vous avez rendez-vous. Un petit rictus se dessina sur mes lèvres, un regard malicieux trahissant mes pensées sombres, et un rire intérieur, presque incontrôlable, s'apprêtait à être expulsé de ma gorge. Quelle serait la prochaine étape de ce jeu dangereux ? L'angoisse de l'inconnu m'excitait, comme un parfum de mystère flottant dans l'air...Je descendis dans la cave, jusqu'à la pièce secrète où j'avais installé des caméras de surveillance dans chaque coin de la maison. Un ordinateur portable, surpuissant et bien protégé, était branché, prêt à enregistrer tout ce qui se passerait. Je m'assis dans le fauteuil du bureau et ouvris Google. Je tapai les premiers mots qui me vinrent à l'esprit : **site adultère**.

PASVUPASPRIS.COM

Un sourire narquois s'étira sur mon visage. Celui ou celle qui avait créé ce site devait vraiment être dérangé : réunir des hommes et des femmes pour tromper leur moitié… une idée tordue, sans aucun doute. Mais était-elle plus tordue que la mienne, celle que j'allais mettre en exécution cette nuit ?

Mes doigts dansèrent sur le clavier alors que je commençais à entrer une adresse mail spécialement créée pour l'occasion.

Je choisis soigneusement un pseudo. Quel nom pourrait capter l'attention tout en restant mystérieux ?

Plaisirmasqué, voilà, ça sonnait bien.

Je poursuivis en remplissant le profil :

— Brun, 1m75, yeux bleus

— Non-fumeur, buveur occasionnel

— Rencontres discrètes, nocturnes de préférence...

À chaque question, je m'enfonçais un peu plus dans ce rôle de l'amant inconnu. La fiche semblait interminable, mais je la remplissais sans relâche. Le titre de mon annonce serait percutant : **Amant de la nuit cherche partenaire de secret**.

Texte de l'annonce :

"La nuit m'appelle, et c'est là que je vis pleinement. Aventurier discret, j'apprécie les rencontres sous le voile de l'obscurité, là où tout peut être dit et rien n'est interdit. Si, comme moi, tu cherches un moment d'évasion, de complicité et de passion dans le plus grand secret, j'aimerais te découvrir. Nos instants seraient volés, intenses, et gardés dans le silence de la nuit. À toi qui vis la nuit aussi..."

Je pris ensuite quelques photos, vêtu d'un costume sombre avec la chemise légèrement ouverte pour laisser entrevoir mon torse nu, masqué par une dentelle noire qui dissimulait mon visage, ne laissant apparaître que mes yeux bleus et un sourire énigmatique. J'espérais attiser l'imagination de mes futures prétendantes.

Enfin, je cliquai sur "OK". Mon profil était en ligne. Plus qu'à attendre qu'elles mordent à l'hameçon. La page encore ouverte, je remontai à la cuisine, satisfait, et me préparai un bon petit plat accompagné d'un verre de vin rouge. Je sentais l'adrénaline se mélanger à mon appétit. Mais tandis que je prenais ma première bouchée, un frisson me traversa.

Et si quelqu'un d'autre surveillait déjà mes mouvements ?

On dirait que parfois, le petit Mathieu voudrait revenir au galop, s'inquiétant que quelqu'un puisse nous surprendre. Mais mon autre moi le chasse immédiatement de mon esprit. Personne ne peut me surveiller ; il n'y avait que moi dans cette maison vide.

Le mois de février faisait sentir sa fraîcheur, et le bon feu de cheminée me réchauffait par sa douce chaleur, ses flammes dansantes projetant des ombres vacillantes sur les murs. À l'extérieur, le vent s'écrasait contre mes volets fermés, accompagné d'une pluie battante qui semblait murmurer des secrets. J'étais bien content d'être chez moi, mais une sensation étrange m'étreignait.

Alors que je me dirigeais vers la cave, une ombre furtive dans le coin de mon œil me fit sursauter. Je me retournai, mais il n'y avait rien d'autre que le silence pesant. La fatigue me jouait des tours, je le savais. Ou peut-être était-ce le fantôme de Marie, hantant les lieux où elle avait vécu ses dernières heures. Une pensée macabre qui me fit frissonner.

Je secouai la tête pour chasser ces idées sombres. Allons voir si mon profil a du succès. Je descendis à la cave et remontai mon ordinateur portable pour être un peu plus à l'aise dans mon canapé.

J'aperçus que j'avais déjà reçu plus de 20 visites et j'avais 3 messages en attente. Un sourire en coin, j'ouvris le premier message d'une femme au pseudo Douceur de Miel. Brune, yeux marron. Je la next immédiatement, mes pensées se concentrant sur une image précise de la femme que je cherchais.

Deuxième message. Sexyava, brune, yeux bleus. Next. Bon, je n'avais pas de chance.

Troisième message : Nuit Étoilée.

« Bonjour Plaisirmasqué, je me reconnais dans ta description. J'adore tes photos, cela me donne envie de te rencontrer et d'apprendre à connaître nos envies les plus profondes. »

Son message équivoque éveilla en moi un désir irrésistible de la rencontrer. De plus, ses photos étaient très séduisantes. Elle se décrivait blonde, 1m60, yeux bleus, non-fumeuse, buvant occasionnellement, habitant Libourne. Parfait, pensais-je, une nouvelle complice dans ce jeu dangereux.

Je lui répondis avec enthousiasme : « Avec plaisir, échangeons autour d'un verre. Est-ce que vendredi soir chez toi te convient ? »

Elle acquiesça rapidement, me donnant son adresse par SMS. Avec plaisir, voici mon numéro : 06.12.21.44.24.

Je reçus immédiatement son adresse sur mon smartphone, accompagnée d'un numéro prépayé. Mon cœur battait la chamade. Je la remerciai et lui dis à vendredi à 20 h, mais une ombre dans l'obscurité, à nouveau, me fit hésiter. Était-ce simplement mon imagination, ou quelque chose de plus sinistre se cachait-il dans les recoins de cette maison vide ?

Les murs semblaient murmurer des avertissements, mais je chassai ces pensées. L'excitation de la rencontre avec Nuit Étoilée était plus forte que mes doutes. Je me laissai emporter par la promesse d'une nuit de mystère et de séduction, ignorant les ombres qui dansaient autour de moi.

Vendredi soir, je m'approchai lentement de l'adresse indiquée, non loin de la forêt du Libournais. La route, déserte, était enveloppée par la brume, et l'ombre des arbres semblait se pencher sur moi comme une présence malveillante. J'éteignis le moteur et restai quelques instants là, dans ma voiture, observant la maison. Elle se tenait là, figée dans l'obscurité. *Nuit étoilée* m'attendait.

Quand je me garai, elle apparut à la porte, son profil se détachant à peine dans la lumière tamisée de l'entrée. Je descendis de ma voiture, lui tendis une bouteille de vin, et glissai un baiser furtif sur sa joue. "Bonsoir", murmurai-je, une pointe d'incertitude me traversant. Elle était belle, envoûtante. Une fausse blonde d'1m60 aux yeux bleus. Un regard qui m'attirait comme un piège.

Elle m'invita à entrer, prit mon manteau et me guida vers son salon. Une atmosphère feutrée régnait dans la pièce, les rideaux tirés, la lumière tamisée créant une ambiance presque irréelle. *Elle avait tout prévu.* Je pouvais presque ressentir la tension qu'elle avait soigneusement construite, un désir palpable qui se lisait dans ses gestes, dans son sourire. Elle m'avait imaginé dans cette scène.

Nous échangeâmes tout au long de la soirée. Son nom était Eve Garcia, une secrétaire dans un cabinet d'avocats. 33 ans, sans enfants. La conversation était fluide, presque trop parfaite. Un profil parfait, tout à fait comme je l'avais envisagé. Elle savait ce qu'elle faisait, et moi aussi.

Peu à peu, elle commença à me séduire. Il n'y avait aucune résistance, aucun frein. Un instant, mon esprit s'égara, et la frontière entre la réalité et le désir se flouta. Elle s'approcha de moi, ses yeux brillants de promesses. Dans ma tête, tout se mélangea, une violente tempête d'envies, de besoins. Ma partie sombre reprenait lentement le contrôle, comme un voile sur ma conscience.

Quand la belle Eve commença à s'endormir dans mes bras, la chaleur de son corps contre le mien me rendit presque fou. Mais je savais ce que je devais faire. Je me levai discrètement et partis chercher un mouchoir imbibé de chloroforme. Un dernier geste. Je lui plaçai sur le nez et la bouche. Elle ne se débattit pas. Pas comme Marie. Elle se rendormit paisiblement, sans même un frémissement.

Je retournai à la voiture, mon cœur battant plus fort. J'ouvris le coffre, pris les bouteilles de vin vides et en plaçai une sous le bras d'Eve. Puis, je prélevai son sang avec une précision morbide, un rituel bien rôdé. Au bout de quelques heures, elle s'endormit pour de bon. Le silence de la pièce m'enveloppa.

Mais mon plan ne s'arrêta pas là. Ce soir, je n'étais pas simplement venu pour l'achever. Je m'étais préparé à quelque chose de plus sombre. Je lui coupai l'annulaire, un détail insignifiant pour elle, mais fondamental pour moi. Je plaçai son doigt dans une poche de congélation, l'enveloppai de glaçons. Puis je m'attelai à ouvrir son corps, à en retirer son cœur, son foie, ses poumons. Chacune de ses parties, conservée dans de la glace, chaque geste précis, calculé. Je recousis ses plaies avec soin, une perfection macabre.

Je nettoyai son corps, lui fis une toilette mortuaire minutieuse. Je vérifiai la rue à travers les rideaux : aucune lumière, aucune silhouette. Rien ne troublerait mon plan. Je la transportai dans ma voiture, son corps froid et inerte reposant sur le siège passager. La lisière de la forêt du Libournais m'attendait, silencieuse.

Je déposai son corps nu sur la terre encore humide de la pluie, une touche finale à la scène. Entre ses dents, je glissai une pomme. Une feuille de vigne sur son pubis, une dernière symbolique. Autour d'elle, je disposai les bocaux transparents contenant ses organes, cœur, foie, poumons conservés dans du formol, leurs couleurs figées dans la glace. Je plaçai une bougie allumée au centre, la lumière vacillante dans le vent froid.

Je disposai les bocaux autour d'elle, formant un cercle sinistre. Une offrande, une scène que personne ne pourrait jamais comprendre.

Je la regardai une dernière fois. L'air était lourd, l'odeur de la terre mélangée à celle du formol. Un frisson me parcourut alors que je quittai la scène, mes pas résonnant dans le silence de la forêt. Personne ne saurait jamais.

Bien sûr, j'avais récupéré mes bouteilles de vin, nettoyer chaque trace de sang. J'avais retourné le matelas, changé les draps, nettoyé la vaisselle. Rien ne pourrait jamais trahir mon passage.

Mars

Chapitre V

Une fois chez moi, je mis l'annulaire dans un bocal en verre rempli de formol pour bien le conserver. J'imprimai une petite étiquette, marquant le nom de ma victime : Eve Garcia. En descendant le pot sur une étagère de ma pièce secrète dans la cave, un frisson parcourut mon échine. La fraîcheur de la pièce contrastait avec la chaleur de mon esprit tourmenté.

Je restai un moment là, dans l'obscurité de la cave, satisfait de ce que j'avais accompli. Un frisson d'excitation parcourut ma colonne vertébrale. *Nous*, je dis bien *nous*, car cette force obscure qui en moi orchestre ces actes, ces idées immondes, commençait à me plaire. Chaque geste était une danse macabre, et j'étais son chef d'orchestre.

Je ressentais un frisson semblable à celui du jeu, celui de la roulette russe. Chaque tirage me rapprochait un peu plus de l'abîme. Un risque calculé, un frisson d'adrénaline qui me plaisait plus que tout. Mais ce n'était pas tout. Ce n'était que le début.

Le lendemain matin, alors que je m'activais dans ma boutique à faire un brin de ménage et à réorganiser correctement les rayons de mes bouteilles de vin, la cloche retentit. Deux policiers entrèrent, leurs visages graves. Mon cœur s'emballa, mais je ne laissai rien transparaître.

— Bonjour, Messieurs, puis-je vous aider ?

— Oui, Bonjour, Monsieur Mathieu
LOUVIE ?

— En effet, c'est moi-même.

— Nous avons quelques questions à
vous poser.

— Oui, je vous écoute.

— Connaissez-vous   Madame
LEMOINE Marie ?

Un flashback me frappa. Marie, son rire,
nos dîners ensemble, la passion qui s'était
éteinte.

— Oui, je la connais.

— Quand l'avez-vous vue pour la
dernière fois ?

— Si je me souviens bien, c'était fin janvier. Je suis allé la récupérer chez elle. On devait se voir, mais sa voiture était en panne, et elle m'a demandé de passer la prendre. On a dîné chez moi.

Leurs regards perçants semblaient sonder mon âme.

— Quelle était votre relation avec Madame Lemoine ?
— Marie était mon ex-compagne, je ne suis pas rancunier. Elle a repris contact avec moi quand elle est venue m'acheter du vin.
— Savez-vous que son couple battait de l'aile ?

Un frisson d'angoisse s'insinua en moi. Jaloux. Son compagnon, un homme imprévisible.

— Oui, en effet, elle m'en avait parlé vaguement lors de notre dîner chez moi.

— Comment est-elle repartie de chez vous la dernière fois ?
— Elle avait appelé un taxi pour qu'il vienne la récupérer pour 21h30. Elle m'avait dit que le lendemain, elle devait se lever tôt pour le travail.
— Bien, nous n'avons pas d'autre question pour le moment.

— Puis-je vous demander pourquoi vous me posez toutes ces questions sur Marie ?

— Madame Lemoine est portée disparue.

— Oh mon Dieu, disparue ?

Mais comment ça ?

— Nous ne pouvons pas vous en dire plus, Monsieur LOUVIE. Une enquête est ouverte.

— Je comprends.

— Nous vous remercions, Monsieur LOUVIE. Bonne journée, au revoir.

— Au revoir.

Le silence après leur départ me laissa un goût amer dans la bouche. Mon sang ne fit qu'un tour dans ma tête. *Je crois que j'ai réussi à les berner.* Heureusement que, ce soir-là, la voiture de Marie était en panne. Le seul coupable et suspect numéro un serait son compagnon, avec qui elle semblait avoir des problèmes. Un homme jaloux, un homme blessé. Cela ne faisait jamais bon ménage. Je me sentis soudainement plus calme. Je me recentrai sur moi-même. Il était crucial de savoir comment gérer les interrogatoires, de garder le contrôle total pour éviter que quiconque ne commence à faire des liens entre la disparition de Marie et celle d'Eve. Pour l'instant, cette dernière histoire ne semblait pas refaire surface.

À peine eus-je le temps de penser cela qu'en allumant les informations du soir, un frisson de terreur me parcourut. Le présentateur annonça qu'une femme avait été retrouvée morte dans la forêt du Libournais. Les détails étaient choquants : une mise en scène macabre, des éléments familiers que je ne pouvais ignorer.

Voilà, il ne manquait plus que ça.

Je me levai d'un bond. Il fallait agir. Je me précipitai sur mon ordinateur, tapant frénétiquement des mots-clés. Comment garder le contrôle sur ses émotions ?

Un article attira mon attention : la pleine conscience. On y parlait de se concentrer sur sa respiration, d'être dans le moment présent, de sourire de l'intérieur pour que cela se voit à l'extérieur. Mais alors que je lisais, une pensée obscure me traversa l'esprit : Et si Marie revenait me hanter ?

Je fermai les yeux, imaginant son visage. Ses yeux, pleins de reproches. La panique s'empara de moi et je me levai, déterminé à tout effacer. Mais une voix, une voix familière, chuchotait dans l'ombre de mon esprit : "Tu ne peux pas fuir ce que tu es."

Peut-être que cette méthode pouvait m'aider. Un sourire calme, un masque parfait.

Mais à l'intérieur, tout était loin d'être calme. Chaque souffle, chaque pensée, chaque geste étaient un calcul, un jeu. Et ce jeu, je comptais bien le mener jusqu'au bout.

Je ne vais pas me laisser envahir par la panique. Je viens juste de commencer ce jeu, et il me reste bien des parties à jouer. La prochaine fois, je serai encore plus minutieux avec mes victimes.

Je me connecte sur le site d'adultères **PASVUPASPRIS.COM** pour vérifier mes messages. Ce site est prometteur : des profils de gens prêts à tromper leur conjoint, mais aussi de célibataires qui adorent ce jeu de cache-cache. Il y a quelque chose de plus piquant, de plus exaltant, à séduire une personne qui a déjà un secret à protéger.

Je n'ai pas eu à chercher bien longtemps. Un message m'attendait déjà.

Blésauvage, 30 ans, de Castillon-la-Bataille. Blonde, 1m66, yeux marron, vendeuse en lingerie, célibataire, qui cherche un homme prêt à risquer l'adultère.

Bingo. Elle collait parfaitement à mes attentes. Je lui envoyai un message. Par chance, elle était en ligne. Nous discutâmes brièvement, et je fus ravi d'apprendre qu'elle était vendeuse de lingerie. Elle était entreprenante, et le courant passait bien. Quelques échanges suggestifs plus tard, elle m'invita chez elle pour le samedi soir suivant. Comme Eve, elle m'envoya son adresse.

Tout était prêt : j'avais minutieusement préparé mon matériel. J'avais acheté un grand sac pour transporter le nécessaire, des produits de conservation pour les organes, et cette fois-ci, une bâche pour éviter toute trace. J'avais même refait mon stock de bocaux, dénichés dans un vide-grenier.

Enfin, le jour de la rencontre arriva. La pleine lune baignait la nuit de sa lumière froide. Il faisait frais, mais il n'y avait pas de pluie. Miss *Blésauvage* m'attendait dans une tenue des plus équivoques. Mon regard s'écarquilla devant cette robe noire translucide, à peine habillée par ses sous-vêtements. Elle savait ce qu'elle voulait, et ne se cachait pas pour le montrer. Cela me plaisait. L'acte fini, je pourrais me concentrer sur ce que j'avais réellement prévu.

Heureusement, elle m'avait dit son nom avant que je ne lui glisse le mouchoir de chloroforme sur le nez et la bouche.

Esther Delacroix. La belle Esther... Profite bien de ton dernier souffle, car ton nom, à présent, portera une croix bien plus lourde, celle que tes proches devront traîner quand ils te retrouveront, mais morte.

Je vérifiai la rue par la fenêtre : personne. Le moment était parfait. Je descendis discrètement jusqu'à ma voiture pour récupérer mon matériel et la bâche. Une fois dans la cuisine, je dépliai la bâche sur le carrelage et préparai tout ce dont j'avais besoin pour la suite. Je posai les bouteilles de vin vides prêtes à recueillir son sang. En général, trois litres suffisent pour qu'une victime glisse dans un sommeil éternel.

Quand son âme quitta enfin son corps, je la déposa sur la bâche et m'attelai à la tâche. Avec soin, presque comme un chirurgien, j'ouvris son torse et en extrayais son cœur, son foie et ses poumons. Je préparai chaque organe dans des bocaux de formol, ajoutant une petite bougie pour mon rituel. Ensuite, je recousis proprement son corps, une couture minutieuse, presque gracieuse, avant de lui couper l'annulaire, que je plaçai dans un sac rempli de glaçons.

Une dernière touche : je teignis un côté de ses cheveux en noir à la bombe aérosol, mon détail signature. Je vérifiai la rue encore une fois. Silence absolu. Aucun mouvement. Avec précaution, j'enroulai le corps d'Esther dans la bâche, descendis le tout jusqu'à ma voiture, puis remontai pour m'assurer que j'avais laissé la cuisine impeccable. Aucune trace. Tout était en ordre.

Je roulai jusqu'à la forêt de la Double, un endroit isolé et marécageux, parfait pour dissimuler mon œuvre. Là, je déballai le corps et disposai ses organes autour d'elle en cercle. Je terminai en lui enfonçant une pomme dans la bouche et en plaçant une feuille de vigne sur son pubis. Dans cette mise en scène, elle paraissait presque belle, comme une œuvre d'art morbide. J'avais l'impression de m'améliorer avec chaque victime. Un frisson d'orgueil parcourut mon échine.

En rentrant chez moi, je glissai l'annulaire d'Esther dans un bocal, marquant son nom en grosses lettres noires sur une étiquette : **Esther DELACROIX**. Je le rangeai à côté de celui d'Eve.

Chaque détail, chaque geste, chaque souvenir soigneusement collecté était une preuve de ma maîtrise, un trophée dans cette pièce secrète. Mais je savais que le jeu ne faisait que commencer, et que bientôt, un autre profil viendrait s'ajouter à ma collection.

Mais alors que je m'apprête à souffler, le bruit d'une cloche retentit dans ma tête, me rappelant que chaque action a ses conséquences. Les policiers pourraient frapper à ma porte à tout moment.

Je ferme les yeux, m'imaginant déjà face à eux, tentant de dissimuler l'horreur de mes actes. Mais pour l'instant, je suis seul, et ce silence est assourdissant

AVRIL

Chapitre VI

Le mois d'avril s'installait doucement avec le printemps. Les jours devenaient plus agréables, s'adoucissaient sous les rayons du soleil pointant le bout de son nez dans un ciel dégagé, et je me sentais étrangement apaisé, presque enivré par cette atmosphère de renouveau. Chaque dimanche, je me rendais à la messe, comme si cela pouvait purifier mon âme des horreurs que j'infligeais à mes victimes.

Cette routine devenait un rituel, une sorte de cérémonie qui me lavait, du moins en apparence, des péchés qui marquaient ma conscience.

Après chaque sermon, Monsieur le Curé distribue mon vin à ses fidèles. Il en fait l'offrande, ignorant tout de la vraie nature de cette « cuvée » que je lui apporte chaque mois. Ils boivent sans se douter que leur communion se fait avec le sang de mes victimes, celui que je recueille et mets en bouteille avec une précision morbide.

« Mathieu, cette cuvée est vraiment excellente, » me dit-il en souriant, en me remerciant chaleureusement. Si seulement il savait… si seulement il pouvait entrevoir les secrets de ce vin, s'il s'imaginait ce qu'il contient vraiment. Se douterait-il de ce qu'il boit lorsqu'il murmure ses prières et consacre cette boisson ?

Je me demande parfois si je finirai en enfer pour les péchés que j'accumule. Mais cette question m'indiffère. L'homme que j'étais, l'ancien Mathieu, celui qui se laissait marcher dessus, n'existe plus. Il est mort, lui aussi, le jour où j'ai tué pour la première fois. Ironiquement, c'est Marie qui m'a donné le goût de tuer. Elle n'aurait pas dû réveiller ces souvenirs douloureux, ces peurs enfouies. En la tuant, c'est une part de moi-même que j'ai aussi assassinée.

Avec le temps, j'ai appris à effacer toute empathie pour mes victimes. Elles ne sont plus des êtres humains pour moi, juste des moyens d'apaiser ma soif. Je suis devenu une âme sans cœur, mais cette transformation me plaît. La bête en moi, cette force obscure et solitaire, me procure une confiance que je n'aurais jamais osé espérer. Elle m'a libéré de la peur, m'a fait plus audacieux, plus séducteur.

L'ancien moi n'aurait jamais osé vivre ainsi. L'ancien Mathieu était un faible ; aujourd'hui, je suis l'aventurier, celui qui prend sans se soucier des conséquences. La bête qui m'habite me murmure que la prochaine victime ne sera pas si difficile à trouver. Après tout, le printemps est une saison de renouveau, et moi aussi, j'ai soif de quelque chose de nouveau, de quelque chose de plus… intense.

Cependant, dans le silence de ma conscience, une voix chuchotait. Les souvenirs de mes actes revenaient me hanter, des flashbacks de mes victimes me poursuivaient dans l'obscurité. Était-ce vraiment une victoire, ou un chemin vers ma propre perte ? Je souriais, mais au fond, je savais que chaque sourire cachait une ombre. La question restait : jusqu'où irais-je pour assouvir cette soif de pouvoir ?

De retour dans mon cocon, seul face à mon écran, je me connecte pour découvrir ma prochaine « séductrice ». Deux messages m'attendent déjà. Je clique sur le premier :

Roséedumatin. Rousse, yeux verts. Non, pas mon profil.

Le second attire davantage mon attention : *Mystiquelunaire*. Ce pseudo, intriguant, m'invite à en savoir plus. Blonde, yeux verts, 35 ans, célibataire, agent immobilier habitant Sainte-Terre. Je savoure déjà l'idée de ce jeu. En parcourant ses photos, son nom doux et envoûtant résonne dans ma tête : *Abigaël Leclerc*. Ce nom, comme une mélodie envoûtante, m'inspire un projet. Cette fois-ci, je prendrai mon temps ; je signerai mon œuvre comme un artiste.

Je me prépare minutieusement pour le rendez-vous, choisissant ma tenue et mon matériel avec soin. Le lieu est parfait : sa maison se trouve près d'un bois entouré de vignes et de chemins rarement empruntés. Un cadre idéal pour le jeu du chat et de la souris. Le crépuscule commence à tomber lorsque j'arrive.

Devant moi, une belle maison de maître avec un portail noir et un chemin blanc menant à l'entrée. J'inspire profondément, appréciant le frisson de la chasse.

Elle m'accueille comme un prince, élégante et envoûtante dans sa robe bleu nuit, avec un rouge à lèvres vif et un parfum délicat de jasmin. Ses escarpins noirs allongent ses jambes fines, qu'elle dévoile subtilement en croisant et décroisant les jambes devant moi, un jeu de séduction calculé. Cette femme sait ce qu'elle veut, une prédatrice. Elle s'approche, et bientôt, nos lèvres se rejoignent, sa langue cherche la mienne, et nous sommes emportés dans une étreinte intense. L'atmosphère se réchauffe d'un cran, et je me prépare pour le point culminant de ma visite.

Au moment où elle baisse sa garde, je sors le mouchoir imbibé de chloroforme et le lui applique sur le nez et la bouche. Son regard change brusquement, la terreur prend le dessus dans ses yeux. Ce regard, ce dernier souffle, me procure un frisson que je commence à apprécier. Elle s'effondre dans mes bras, inerte. Lentement, je m'habille, récupère mon matériel et me mets à l'œuvre. Le rituel est devenu une seconde nature : d'abord, je prélève le sang avec précision, puis je prépare l'espace autour d'elle pour ce qui va suivre. Elle ne respire plus, et j'extrais, avec le soin d'un chirurgien, son cœur, son foie et ses poumons, que je dispose dans des bocaux en verre, chaque détail respectant mon rituel macabre.

La colère monte en moi en observant cette fausse blonde : pourquoi changer leur nature ?

Pourquoi ces femmes ressentent-elles le besoin de se réinventer, de trahir la vérité pour devenir ce qu'elles ne sont pas ?

Des créatures avides, prêtes à détruire des vies pour un moment de passion fugace, comme si le mariage ou les engagements n'avaient plus de valeur. Elles se jouent des hommes, se croient intouchables… et maintenant, elles sont entre mes mains.

Je charge son corps recousu et préparé dans ma voiture et conduis jusqu'au bois de l'Auche. Sur un chemin isolé, non loin des vignes, je dispose soigneusement son corps entouré des bocaux, une pomme enfoncée dans sa bouche, une feuille de vigne apposée sur son pubis. Une dernière photo mentale de mon œuvre achevée, puis je quitte les lieux, satisfait.

De retour chez moi, j'inscris son nom, *Abigaël Leclerc*, sur un nouveau bocal, ajoutant son annulaire à ma collection soigneusement rangée dans ma cave. Cependant, cette nuit-là, malgré la fatigue, le sommeil m'échappe. Les images de sa terreur tournent dans mon esprit, mais un désir plus sombre me ronge : je veux sentir cette peur encore plus intensément, je veux qu'elles me regardent et me disent pourquoi elles jouent ce jeu. Je m'endors, décidé à traquer ma prochaine proie avec plus de subtilité encore.

Mais quelques jours plus tard, un frisson glacé me traverse. Les nouvelles du matin révèlent la découverte de deux corps, dans le même état que les précédents. Ils décrivent avec horreur le rituel autour des victimes, un détail que seul le tueur pourrait connaître. La tension monte : ils n'ont pas encore identifié les victimes, mais l'ombre de mes actes se rapproche. Pourtant, aucune trace, aucun indice ne peut les ramener à moi. Du moins, pas encore.

Sombre rituel

Chapitre VII

Le sol forestier, humide et parsemé de feuilles mortes, était une scène de macabre dévotion. Au centre de cette forêt lugubre, le corps d'une jeune femme était étendu en étoile, les membres écartés. Autour d'elle, trois bocaux en verre, remplis d'un liquide conservateur jaunâtre, formaient un triangle presque parfait. À l'intérieur, on distinguait les contours troubles d'organes : un cœur, un foie et des poumons. Des bougies, consumées aux trois quarts, illuminaient faiblement les bocaux, créant une ambiance à la fois macabre et quasi religieuse.

Une pomme, pourrie à moitié, était coincée dans la bouche entrouverte de la victime, tandis qu'une feuille de vigne séchée, presque noire, reposait délicatement sur son pubis. Ses cheveux, d'un blond, étaient coupés en deux, une moitié teinte en noir, l'autre restée d'un blanc pur, contrastant avec la pâleur de son visage. Cette dichotomie, noire et blanche, semblait symboliser une lutte intérieure, une dualité entre la vie et la mort.

Thomas Atlas et Maya Sphinx arrivèrent sur les lieux, l'air grave. Thomas, l'expérience se lisant dans son regard d'acier, inspecta la scène avec méticulosité.

"Un rituel," murmura-t-il, l'œil attiré par la disposition des bocaux et la symbolique des objets.

Maya, plus jeune et plus intuitive, se pencha sur le corps de la victime.

Les organes ont été prélevés avec une précision chirurgicale, observa-t-elle, et cette mise en scène... C'est comme une offrande. Elle passa ses doigts sur les cheveux bicolores de la jeune femme. Cette coloration, c'est plus qu'un simple caprice. Ça doit avoir une signification.

Les deux enquêteurs, complémentaires dans leurs approches, se mirent à travailler. Thomas, l'homme de terrain, se concentra sur les détails matériels : les empreintes, les traces d'ADN, l'arme du crime (s'il y en avait une).

Maya, plus sensible à l'aspect psychologique des affaires, chercha à comprendre les motivations du tueur, à décoder le sens caché de ce macabre rituel.

Ensemble, ils formèrent un duo efficace, déterminé à percer le mystère de ces meurtres. Mais plus ils approfondissaient leur enquête, plus ils se rendaient compte de l'abîme de folie dans lequel ils s'enfonçaient.

La forêt de la Double, avec ses arbres tortueux et son atmosphère oppressante, semblait un lieu tout indiqué pour de tels actes. Thomas Atlas et Maya Sphinx, le visage marqué par les heures passées sur la première scène de crime, s'enfoncèrent dans les sous-bois. L'air était lourd, saturé d'une odeur de terre humide et de décomposition.

Et là, au détour d'un chemin forestier, la scène se répétait, identique dans ses détails macabres. Un corps féminin, étendu en étoile, entouré de trois bocaux contenant les organes vitaux. Une pomme, une feuille de vigne, des cheveux bicolores... Le rituel était répété à l'identique.

C'est un tueur en série, affirma Thomas, la voix grave. Il y a un véritable modus operandi, une signature. Il s'agenouilla près du corps, examinant les détails avec une minutie presque clinique. Regardez la précision des incisions, l'agencement des bocaux... Il est obsédé par la symétrie, par le rituel.

Maya, les yeux fixés sur la victime, hochant lentement la tête. Et cette symbolique... la pomme, la feuille de vigne... ça renvoie à quelque chose de plus profond. Une sorte de purification, peut-être ? Un sacrifice ?

Un sacrifice, répéta Thomas, l'air sombre. Mais un sacrifice à qui, ou à quoi ? Il se redressa, le regard perdu dans la profondeur de la forêt. Il y a quelque chose de biblique dans tout ça. La pomme, le péché originel... On dirait qu'il essaie de recréer un mythe, de se donner un rôle divin.

L'évidence était accablante. Ce n'était plus une simple coïncidence, mais bien l'œuvre d'un esprit malade, hanté par des visions obscures. Le tueur avait transformé ces forêts en sanctuaires macabres, où il accomplissait ses rituels sanglants. Et Thomas et Maya étaient les seuls à pouvoir l'arrêter.

Antoine Delort, le médecin légiste, examinait minutieusement les corps des deux femmes, alignées sur les tables froides de la morgue. Les incisions chirurgicales, d'une précision quasi artistique, contrastaient cruellement avec la violence de l'acte commis.

Regardez-moi ça, dit-il à ses assistants, en soulevant le bras gauche d'Ève Garcia.

Une piqûre au niveau du pli du coude. Net, précis. L'œuvre d'un professionnel. Cette piqûre n'était pas simplement pour endormir la victime, elle servait aussi à prélever du sang.

Il fit circuler une petite fiole sous leur nez. Du chloroforme. Elles ont été endormies avant tout, puis saignées.

Il se pencha sur le corps, ouvrant délicatement l'incision. Les organes ont été prélevés avec une précision chirurgicale. Le cœur, le foie, les poumons... Tout a été retiré. Mais je pense que le prélèvement sanguin a été la cause directe de leur mort. La perte de sang a dû être massive. Il passa ses doigts gantés sur les sutures. Regardez cette finesse, c'est presque esthétique. Comme si le tueur prenait plaisir à son ouvrage.

Il passa au corps d'Esther Delacroix. Le constat était identique. Même modus operandi, murmura-t-il. Piqûre, chloroforme, prélèvement d'organes. Et dans les deux cas, la perte de sang a été fatale.

Il souleva une mèche de cheveux de la victime, une coloration noire sur la longueur, comme si on avait voulu cacher sa couleur naturelle.

Delort se redressa, le regard sombre. Ces femmes, si différentes en apparence, ont un point commun : elles sont seules, sans famille proche. Elles ont été ciblées pour leurs organes, mais il y a quelque chose de plus. Regardez leurs mains. Il les tendit, montrant l'absence d'alliance à l'annulaire de chacune qui était coupé. Célibataires, sans enfant. Des cibles faciles, peut-être ?

Et les rapports sexuels, continua-t-il, consentis, selon les examens. Le tueur a pris le temps de les préparer, de les séduire. Il y a une perversion dans tout ça, une obsession du contrôle. Mais ce qui est certain, c'est que la mort de ces femmes est liée à une pratique médicale illégale, peut-être même à un trafic d'organes.

Delort recula d'un pas, le regard perdu dans la pénombre de la morgue. Ces femmes, jeunes, belles, ont été transformées en simples objets. Leurs organes ont été arrachés, leurs vies réduites à néant. Et le tueur, lui, reste dans l'ombre, libre de recommencer.

Thomas et Maya se posaient de nombreuses questions. Le tueur était-il peut-être un professionnel de la santé, un médecin par exemple ?

Effectuait-il un trafic d'organes ?

Mais pourquoi n'avait-il retiré que certains organes ?

Et cette étrange coloration des victimes : des blondes, l'une avec une moitié des cheveux recouvert de noir...

Les corps retrouvés dans les bois semblaient liés à un rituel, avec une pomme dans la bouche et une feuille de vigne sur le pubis. Une référence biblique ?

Un rituel satanique ?

Quelle était la personnalité du tueur ? Agissait-il de manière froide et calculée, maîtrisant parfaitement ses actes ? Ou était-ce une personne dérangée, intéressée par l'occultisme ?

Et pourquoi avait-il coupé l'annulaire de ses victimes, alors qu'elles étaient toutes deux célibataires ?

Le seul point commun apparent entre ces jeunes femmes était leur célibat.

Il fallait déterminer comment elles avaient rencontré le tueur. En fouillant dans les affaires des victimes, ils découvrirent sur un ordinateur portable une page ouverte sur un site internet nommé PASVUPASPRIS.COM. Ce site de rencontres extraconjugales révélait de nombreuses conversations avec des hommes. Le tueur pouvait-il être l'un d'entre eux ?

Avait-il rencontré les victimes directement chez elles ?

Une équipe technique était chargée d'analyser minutieusement les domiciles des victimes à la recherche de traces ADN, d'empreintes digitales ou d'autres indices. En attendant les résultats, ils décidèrent de s'intéresser de plus près aux messages échangés sur le site de rencontres.

Ils n'eurent pas le temps de se pencher davantage sur l'ordinateur que leur chef les alerta d'une nouvelle découverte macabre. Un promeneur avait signalé le corps d'une victime dans le bois de l'Auche, non loin de Sainte-Terre.

Sur place, un spectacle aussi atroce que familier les attendait : une jeune femme, disposée de la même manière que les précédentes, entourée de bocaux de formol contenant son foie, ses poumons et son cœur. L'annulaire de sa main gauche était coupé, les points de suture étaient identiques, et la coloration de ses cheveux, blonde avec des racines noires d'un côté et noires de l'autre, était devenue leur signature macabre. La pomme dans la bouche, la feuille de vigne sur le pubis... Le rituel était toujours le même. Et cette fois, ils remarquèrent une nouvelle marque : une petite piqûre dans le creux du bras, comme si le tueur avait prélevé du sang.

Je parie que Delort, le médecin légiste, va nous confirmer ce que l'on pense déjà, lança Thomas à Maya. Elle a été endormie au chloroforme, saignée à blanc, puis éventrée. Il lui a coupé l'annulaire et teint ses cheveux. Et pour couronner le tout, il a probablement eu un rapport sexuel avec elle, protégé bien sûr.

Ça commence à faire beaucoup, acquiesça Maya. Et tant qu'on y est, je parie qu'elle était célibataire et sans enfant, comme les autres. On doit trouver des indices avant que ce malade ne frappe à nouveau.

L'appel de Delort confirma nos pires pressentiments. Abigaël Leclerc, blonde aux yeux verts, 35 ans, agent immobilier, célibataire et sans enfant, avait subi le même sort que les autres victimes.

Au domicile d'Abigaël, nous avons mis la main sur son ordinateur portable. Vous allez vous régaler en épluchant les conversations sur le site de rencontres.

En ce qui concerne les domiciles des deux autres victimes, nous avons fait des observations intéressantes. Chez Eva Garcia, le matelas était retourné, taché de sang. Il l'a probablement tuée sur le lit. Quant à Esther Delacroix, il a été plus méticuleux, mais il a oublié de nettoyer une trace de sang sur le placard de l'évier.

Ces éléments suggèrent qu'il tue ses victimes chez elles, en prenant toutes les précautions pour ne pas laisser de traces. Il est incroyable qu'il n'ait laissé aucune trace d'ADN ou d'empreinte, pas même un préservatif. C'est un véritable professionnel du crime.

Bon, allons réfléchir un peu.

Ce type coupe l'annulaire de ses victimes. Elles sont toutes blondes en apparence, mais leurs racines révèlent une base noire. Célibataires, sans enfants, et toutes inscrites sur un site d'adultères. Une pomme dans la bouche, une feuille de vigne sur le pubis. Il leur retire certains organes : foie, poumons, cœur. Cela doit bien avoir une signification.

Thomas et Maya se regardèrent, le regard fixé sur les photos des victimes. Les indices s'accumulaient, mais l'image d'ensemble restait floue. Il y a quelque chose de profondément troublant dans tout ça, murmura Maya. C'est comme s'il s'agissait d'un rituel, d'une offrande...

Un rituel satanique peut-être ? suggéra Thomas, l'esprit déjà en ébullition. La pomme, la feuille de vigne... ça évoque clairement le péché originel. Et les organes... il les retire comme pour purifier le corps.

Mais pourquoi ces femmes en particulier ? s'interrogea Maya. Elles ont toutes un point commun : elles sont inscrites sur un site de rencontres extraconjugales.

Est-ce que ça veut dire qu'il les a choisies parce qu'elles avaient transgressé une règle, une sorte de code moral ?

Ou peut-être qu'il les considère comme des pions, des sacrifices pour accomplir son rituel, reprit Thomas. Et les cheveux blonds avec les racines noires ? C'est comme s'il voulait les transformer, les rendre impures.

Ils décidèrent de consulter un expert en symboles religieux et occultes. Le professeur Durand, un homme à la mine grave, les reçut dans son bureau. Après avoir examiné les photos et écouté leur récit, il acquiesça lentement.

Vous avez raison, il y a bel et bien une dimension symbolique dans ces meurtres. La pomme, la feuille de vigne, les organes... tout cela renvoie à des mythes anciens, à des rites païens. Mais ce qui est le plus troublant, c'est l'annulaire coupé. C'est un symbole très fort, qui peut représenter la rupture avec le monde profane, avec la société.

Et les cheveux ? Demanda Maya.

Les cheveux, c'est la force vitale, l'âme. En les teignant en noir, le tueur cherche peut-être à asservir les âmes de ses victimes, à les lier à son propre pouvoir.

Les enquêteurs quittèrent le bureau du professeur Durand, l'esprit rempli de nouvelles questions. Ils décidèrent de se concentrer sur les sites de rencontres extraconjugales. Peut-être y trouveraient-ils une piste décisive. En fouillant dans les profils des victimes, ils remarquèrent qu'elles avaient toutes échangé des messages avec un même utilisateur, un certain "Plaisirmasqué".

Mais ce profil était bidon, créé spécialement pour attirer ses proies.

La chasse au tueur était lancée.

Nous voilà face à un tueur en série qui semble se prendre pour Dieu ou Satan, recréant un rituel comme une offrande pour punir ses victimes. Mais de quel mal ?

Nous devons encore élucider ce mystère. Tout ce que nous savons, c'est que notre individu se fait appeler *Plaisirmasqué*. Sur sa photo, seuls ses yeux bleus sont visibles, révélés par un masque en dentelle qu'il porte.

Maya proposa de créer un profil sur le site pour tenter de le coincer. Mais avant cela, il fallait préparer des photos d'elle, un peu suggestives, et surtout lui mettre une perruque blonde.

Un bureau de police, tard dans la nuit. Maya, les cheveux attachés en queue de cheval, est penchée sur un ordinateur portable. À ses côtés, son collègue, Thomas, un homme plus âgé et expérimenté, observe l'écran avec attention.

Maya : (tapant sur le clavier) Alors, pour le nom, je pensais à "Léa ". C'est simple, assez commun, et ça fait jeune et un peu insouciante.

Thomas : (hochant la tête) Pas mal. Et pour la photo ? Tu as trouvé quelque chose de convaincant ?

Maya : J'ai retouché une de mes photos. Cheveux blonds, maquillage léger, sourire un peu provocateur. J'espère que ça lui plaira.

Thomas : (souriant en coin) Je suis sûr qu'il va adorer. Mais attention, Maya, on joue avec le feu. Ce type est dangereux.

Maya : Je sais, mais c'est notre seule chance de l'attraper. Et puis, je suis prête à prendre tous les risques.

Thomas : Je sais que tu es courageuse, mais il faut quand même rester prudente. On ne sait pas à quoi s'attendre.

Maya : (concentrée sur l'écran) J'ai créé un profil détaillé. Elle aime les soirées, les voyages, la mode... Tout ce qui pourrait l'attirer.

Thomas : Et pour le message d'ouverture ?

Maya : (hésitant) C'est là que ça se complique. Je ne veux pas paraître trop désespérée, mais en même temps, il faut qu'elle l'intrigue.

Thomas : Pourquoi ne pas commencer par un simple "Salut, j'ai vu ton profil et j'ai trouvé que tu étais vraiment intéressant." ? C'est direct, mais pas trop intrusif.

Maya : (acquiesçant) C'est une bonne idée. Je vais ajouter un petit quelque chose pour le personnaliser.

Thomas : (se levant) Bon, je te laisse travailler. N'oublie pas, si tu as le moindre doute, n'hésite pas à m'appeler.

Maya : Merci, Thomas. Je vais faire attention.

Maya continue à peaufiner le profil, les doigts frôlant le clavier. Elle est à la fois excitée et angoissée à l'idée de ce qu'il pourrait se passer. Elle sait que cette opération est risquée, mais elle est déterminée à mettre fin aux agissements de Plaisirmasqué

Juin

Chapitre VIII

Les médias n'arrêtaient pas de parler de ce tueur en série, celui que certains surnommaient déjà *le Maître des Rituels*. Chaque scène de crime semblait orchestrée comme une cérémonie sombre, presque sacrilège. Cela me faisait sourire. Ils n'avaient rien. Absolument rien. Pas de piste, pas d'indice concret. Juste des hypothèses bancales évoquant des rituels sectaires et des tableaux macabres. La panique s'amplifiait, et moi, j'observais ce chaos avec un plaisir froid.

Ce dimanche-là, j'avais décidé d'apporter une bouteille de ma cuvée spéciale au curé de la paroisse. Un geste de courtoisie, comme chaque mois. Mais cette fois, je pris le temps de contempler l'église. Les vitraux baignaient l'intérieur d'une lumière tamisée, les rayons du soleil jouant avec les couleurs sur les statues du Christ et de la Vierge Marie. Je m'assis sur un banc, laissant la fraîcheur du lieu m'envelopper, tandis qu'un oiseau chantait à l'extérieur, proche d'un vitrail.

Les yeux mi-clos, je laissai mon esprit vagabonder. Je ne priais pas. Pas vraiment. Mes pensées s'envolèrent vers mes futures proies. Pas des victimes, non... des proies, comme ces gazelles dans la savane que l'on traque, égorge et dépèce avant d'abandonner leur carcasse aux charognards. Mon imagination me montrait les scènes : le sol jonché de feuilles mortes, la terre humide se gorgeant de leur sang, les ombres des arbres semblant danser autour des dépouilles.

Soudain, un rayon de soleil traversa le vitrail et vint frapper mon visage. Je rouvris les yeux, légèrement ébloui. Pendant un instant, j'eus l'étrange impression que quelque chose ou quelqu'un m'observait. Était-ce Dieu ? Si c'était le cas, Il était bien en retard. Que pensait-Il de moi, cet homme impur, acteur de scènes macabres qui semblaient tout droit inspirées des abysses ? J'esquissai un sourire en coin. Lucifer, frère ennemi de Dieu, devait être fier de moi.

Un frisson me parcourut soudain. Une main se posa sur mon épaule. Je me retournai brusquement.

— Oh, pardon ! Je ne voulais pas vous effrayer, dit le prêtre dans un ton rassurant. Je voulais simplement vous remercier pour votre vin. C'est toujours un plaisir de goûter votre cuvée.

— Avec plaisir, répondis-je, retrouvant mon calme. Mon vin est fait avec soin... et amour. Cette année s'annonce prometteuse. Juin est radieux, le soleil bien plus généreux que les années précédentes.

Il hocha la tête avec un sourire bienveillant avant de s'éloigner. Je le suivis des yeux, pensif. Dans cette église, dans ce silence ponctué de chants d'oiseaux, j'eus une pensée curieuse :

qu'arriverait-il si cet homme de foi découvrait la noirceur de mon âme ?

Je me levai doucement, caressant le banc de bois du bout des doigts, et me dirigeai vers la sortie. Il restait encore tant à faire, tant de scènes à écrire dans cette pièce sordide. Mes prochaines proies n'attendraient pas éternellement.

En rentrant chez moi, Je repris mon ordinateur portable, le site encore ouvert sur l'écran. Je me mis à parcourir les profils, l'un après l'autre, jusqu'à ce qu'un en particulier capte mon attention.

Diablesse : blonde, yeux marron, 1m60, célibataire, sans enfant, sans emploi. Habite à Pujols.

Je m'arrêtai, les doigts suspendus au-dessus du clavier, et détaillai ses photos. Osées, provocantes, presque arrogantes. Tout en elle respirait le désir de dominer, de tester les limites. Mais ce n'était qu'un jeu, un masque comme le mien. Je souris. Cette femme allait me plaire. Je pouvais presque sentir la chaleur de sa vanité, ce besoin désespéré d'être admirée, désirée, peut-être même sauvée.

Elle ne savait pas encore à quel point elle allait s'amuser avec moi. Mais avant cela, je devais comprendre. Pourquoi prenait-elle ce risque insensé ? Pourquoi un homme marié ?

Était-ce l'interdit, l'idée de voler quelque chose à une autre femme ?

Ces réponses, je les voulais. Elles allaient nourrir ma fascination.

Je posai mes mains sur le clavier et rédigeai un message, un crochet soigneusement affûté pour qu'elle morde à l'hameçon.

Ton profil a attisé ma curiosité. Tu as un corps sublime, et je ne doute pas que ton esprit soit tout aussi captivant. Une diablesse comme toi doit être pleine de secrets… J'aimerais beaucoup découvrir qui se cache derrière cette belle tentatrice.

J'appuyai sur "envoyer" et observai l'écran. Le message disparut, lancé dans le vide numérique.

Un frisson me parcourut. Pas d'impatience, non. Juste ce moment d'anticipation pure où tout semble suspendu. C'était elle ou une autre. Qu'importe. Ce n'était pas la destination, mais le jeu, la traque, qui me faisait vibrer.

Je refermai doucement l'ordinateur, laissant le site tourner en arrière-plan. Bientôt, elle répondrait. Elles répondaient toujours.

Les soirées d'hiver n'étaient plus qu'un lointain souvenir, effacées par la chaleur écrasante de l'été. Les jours longs et les nuits brûlantes donnaient aux rues une nouvelle vie. Les femmes déambulaient, parées de robes légères et de décolletés audacieux, leurs courbes sublimées par le tissu qui dansait au rythme de leurs pas. Les jupes dévoilaient des jambes interminables, et chaque détail semblait conçu pour provoquer des regards.

Les soirées s'étiraient sous les étoiles, portées par les cocktails, les rires, et cette fièvre estivale qui rendait tout possible, même l'interdit. L'air était chargé d'une excitation presque palpable, celle d'aventures sans lendemain, de rencontres volées dans l'ombre d'un bois, à l'abri des regards indiscrets. Là, les chants des hiboux et les stridulations des criquets devenaient les témoins silencieux de plaisirs éphémères.

Je laissais mon esprit vagabonder, imaginant toutes ces occasions offertes par l'été, ces fêtes, ces moments volés...

et surtout, mes rituels. Oui, *mes rituels*, comme ils les appelaient. Cette sombre danse où je m'arrogeais le droit d'ôter la vie à ces belles *fouteuses de merde*, comme j'aimais les appeler. Ces femmes qui jouaient avec les cœurs, qui semaient la discorde et détruisaient les liens sacrés d'un couple.

Si la vie après la mort existait, je voulais qu'elles voient. Qu'elles comprennent. Jouer avec le feu a un prix. Et à trop jouer, elles finissaient par se brûler, par perdre plus qu'elles ne pouvaient imaginer.

Je souris en me perdant dans mes pensées, un rire sourd montant dans ma gorge, presque incontrôlable.

Un rire diabolique.

Ce petit jeu m'attisait un peu plus chaque jour, comme une flamme qui grandissait en moi. Un message clignota dans ma boîte de messagerie. Mon cœur accéléra, mes yeux brillants s'écarquillèrent d'excitation.

Diablesse :

"C'est avec plaisir que je te ferai découvrir mes talents de séductrice. Un pseudo comme le tien ne passe pas inaperçu, et ton regard envoutant m'obsède déjà. J'aimerais plonger dedans, en profondeur, si tu vois ce que je veux dire... Rendez-vous discret chez moi, vendredi. Donne-moi ton numéro pour

que je te communique mon adresse si tu veux tenter l'aventure avec moi. "

Un sourire carnassier étira mes lèvres. Elle savait me parler, celle-là. Une joueuse, provocante, exactement ce que je cherchais. Je lui envoyai mon numéro sans attendre et reçus rapidement son adresse : une maison isolée à Pujols, à l'abri des regards indiscrets. Nous fixâmes l'heure : 21 heures.

Le vendredi soir, tiré à quatre épingles, je gardai mon bandeau en dentelle, couvrant légèrement mes yeux, ajoutant à mon allure une touche de mystère. Arrivé devant sa maison, je constatai qu'elle ne se collait à aucune autre, une tranquillité idéale pour ce que j'avais en tête.

Elle m'ouvrit la porte, et je fus presque déstabilisé. Cette petite diablesse semblait lire dans mes pensées. Elle portait, elle aussi, un masque en dentelle. Sa robe rouge épousait parfaitement ses courbes, ses escarpins et ses lèvres carmin complétant cette image diaboliquement séduisante. Elle jouait son rôle à la perfection.

Nous passâmes directement à l'essentiel. Son désir, sa fougue, tout était calculé pour envoûter. Pendant l'étreinte, alors qu'elle se laissait totalement aller, je posai la question :

— Alors, dis-moi… Tu aimes ça, coucher avec des hommes mariés ?

Un sourire effronté illumina son visage.

— Oh, oui ! Si tu savais… Pas de jalousie, pas de contraintes. On se voit quand on veut, on baise partout sans restriction, on joue des rôles chaque fois. Pas de prise de tête, juste du plaisir et une liberté totale.

Ses mots, dits avec légèreté, m'écœurèrent au point de me donner la nausée. Une colère sourde monta en moi, transformant mon désir en rage pure. Je sentis la fureur déferler.

Sans prévenir, je saisis le mouchoir imbibé de chloroforme que j'avais soigneusement préparé et le plaquai sur son nez et sa bouche. Elle se débattit, ses mains griffant l'air, tentant de repousser l'inévitable. J'attendis qu'elle perde connaissance, ses mouvements devenant des spasmes désespérés avant de s'arrêter complètement.

— Sale garce, murmurai-je entre mes dents, mon souffle encore lourd de rage.

Comme pour mes autres proies, je me mis à l'œuvre. Chaque geste était calculé, un rituel sombre et précis. Une fois prête, je l'emmenai dans la forêt de Sauveterre. Je trouvai une clairière, baignée d'une lumière lunaire froide et silencieuse. Là, je déposai son corps inerte.

Ses organes furent disposés autour d'elle, formant un cercle macabre. Une pomme dans sa bouche, symbole d'un péché qu'elle avait tant chéri. Une feuille de vigne soigneusement placée sur son pubis, un dernier clin d'œil à sa féminité dévoyée.

Je reculai de quelques pas, observant mon œuvre avec un sourire satisfait.

— Adieu, Rebecca Dubois, soufflai-je avant de déposer un baiser du bout des doigts en guise de dernier au revoir.

Je quittai la clairière, laissant la forêt et ses habitants s'occuper du reste. Mon esprit était gonflé d'un plaisir morbide, et une soif encore plus insatiable brûlait en moi.

Je descendis à la cave, dans ma pièce secrète. À la lumière vacillante d'une ampoule suspendue, j'ouvris une armoire en bois sombre, dissimulée derrière une étagère. À l'intérieur, une collection macabre : des bocaux alignés, chacun rempli de formol, où flottaient des annulaires. Chaque bocal portait une étiquette soigneusement écrite, un prénom gravé dans l'éternité.

Je pris un bocal vide et y déposai l'annulaire fraîchement prélevé de Rebecca Dubois. Un trophée de plus. Mes doigts effleurèrent la surface froide du verre, et un sourire étrange étira mes lèvres.

Mon esprit bouillonnait, avide. Ce n'était jamais suffisant. Ces femmes, ces destructrices de couples, n'avaient-elles aucune limite ? Leur avidité pour briser des familles me révoltait au plus profond de mon être. Mais moi, je m'étais imposé une mission. Une mission sombre, perverse, mais nécessaire : rétablir l'équilibre.

Le démon en moi grandissait, incontrôlable, un mélange de rage et de satisfaction. Comme un vengeur déguisé en diable, je me voyais en serviteur du divin et de l'obscur, un justicier de l'ombre. Qui d'autre pouvait oser agir pour que la fidélité règne à nouveau ?

Vous y croiriez, vous ? Moi, le vengeur des ténèbres, au service des enfers et du paradis réunis. Une flamme vive semblée brûler dans mes yeux, rouge comme la braise, alors que cette idée m'obsédait. Un rire sourd monta en moi, incontrôlable, un éclat qui résonna dans la cave. Je jouissais de ce pouvoir, de cette domination totale sur ces femmes et leur sort.

Sans perdre un instant, je remontai à l'étage, excité à l'idée de replonger dans ma traque. Je rallumai mon ordinateur et accédai au site. Mes doigts fébriles parcouraient les touches du clavier avec une intensité presque animale, tandis que ma main faisait glisser la souris.

Je savais exactement ce que je cherchais. Je m'arrêtai sur un profil qui attira immédiatement mon attention.

Plaisirdiscret :
Blonde, yeux verts, 1m65, célibataire

sans enfant, professeur des écoles, 30 ans.
Habite Lussac.

Parfait. Une proie idéale. Je me frottai les mains, mon esprit déjà absorbé par la planification de notre rencontre.

Je composai un message, soigneusement calibré pour capter son attention, et l'envoyai. À ma satisfaction, elle répondit presque immédiatement.

Mais avant même que je puisse savourer cette victoire, je remarquai un autre message, provenant d'une certaine **Léa**. Intrigué, j'ouvris son profil. Mon souffle s'accéléra en découvrant sa photo. Une beauté qui surpassait mes attentes, ses traits parfaits éveillant en moi une envie viscérale.

C'était mon jour de chance. Deux pour le prix d'une.

Je décidai de jouer intelligemment. Si je me débrouillais bien, je pouvais voir Plaisirdiscret vendredi soir, à 21 heures chez elle à Lussac, puis organiser une rencontre avec Léa le samedi. Cela me laisserait le dimanche pour savourer mes exploits et me reposer avant de planifier ma prochaine chasse.

Je fixai donc mon rendez-vous avec **Plaisirdiscret** et envoyai un message à Léa, manifestant mon intérêt pour son profil et demandant si elle était disponible samedi soir.

Mes messages étaient envoyés. Maintenant, il ne me restait plus qu'à attendre leurs réponses, le cœur battant d'impatience.

La traque du monstre

Chapitre IX

Thomas et Maya étaient penchés sur le bureau, les yeux rivés sur le tableau de bord qui dressait le sombre portrait du tueur qu'ils poursuivaient depuis des semaines. Des photos des victimes étaient épinglées, accompagnées de notes succinctes : **noms, professions, lieux de résidence, et scènes de crime**.

Victimes de "Plaisirmasqué" :

- **Nuitétoilé :** Eve Garcia, 32 ans, blonde, 1m60, yeux bleus. Secrétaire dans un cabinet d'avocats, célibataire, sans enfant, habitant Libourne. *Retrouvée morte dans la forêt du Libournais.*
- **Blésauvage :** Esther Delacroix, 35 ans, blonde, 1m66, yeux marrons. Vendeuse de lingerie,

célibataire, sans enfant, habitant Castillon-la-Bataille. *Retrouvée morte dans la forêt de la Double*.

- **Mystiquelunaire** : Abigaël Leclerc, 30 ans, blonde, 1m56, yeux verts. Agent immobilier, célibataire, sans enfant, habitant Sainte-Terre. *Retrouvée morte au Bois de l'Auche*.

- **Diablesse :** Rebecca Dubois, 33 ans, blonde, 1m60, yeux marrons. Sans emploi, célibataire, sans enfant, habitant Pujols. *Retrouvée morte dans la forêt de Sauveterre*.

Thomas brisa le silence :

— Regarde, toutes les victimes ont des points communs. Des femmes jeunes, entre 30 et 40 ans, célibataires, sans enfants. Elles habitent dans un rayon de 20 à 30 kilomètres autour de Saint-Émilion. Tu me suis ?

Maya hocha la tête.

— Oui, et elles sont toutes inscrites sur le même site adultère, *PASVUPASPRIS.COM.* Il les a toutes contactées avant de passer à l'acte. Mais regarde ça : à chaque victime, il utilise un numéro de téléphone différent. Malin, mais pas assez pour qu'on ne puisse pas le coincer.

Leur chef entra brusquement dans la pièce, le visage grave :
— Un nouveau corps a été retrouvé. Forêt

de Sauveterre. On a besoin de vous sur place immédiatement.

Le lieu était déjà encerclé de rubans jaunes, les flashs des photographes éclairant les ténèbres de la forêt. Thomas et Maya passèrent sous la bande et s'approchèrent du cadavre. La scène était identique aux précédentes : le corps soigneusement disposé, les organes extraits et placés autour. Une pomme dans la bouche, une feuille de vigne sur le pubis.

Maya grimaça, la nausée montante.

— Toujours le même rituel. Aucun indice laissé. Il est méthodique, et il connaît parfaitement son terrain.

Thomas observa les alentours, son regard se posant sur les arbres massifs qui semblaient témoigner de l'horreur.

— On n'en tirera rien ici. Mais je parie qu'elle a aussi échangé avec *Plaisirmasqué*. On doit vérifier son ordinateur dès qu'on met la main dessus.

De retour au bureau, Thomas s'immergea dans les dossiers pendant que Maya relisait les rapports d'autopsie.

— Les cheveux coloré en noir d'un côté, l'annulaire manquant... Tout pointe vers un rituel. Mais pas n'importe lequel. Ce gars se prend pour un justicier divin. Regarde ces symboles religieux qu'il laisse : la pomme, la feuille de vigne... Il pense corriger un "péché".

Un bip interrompit leur réflexion. Maya consulta son téléphone.

— Rapport d'autopsie : rien de nouveau. Même mode opératoire. Mais devine quoi ? L'ordinateur de Rebecca Dubois a confirmé qu'elle avait échangé avec *Plaisirmasqué*.

Thomas serra les poings, déterminé.

— Il nous laisse quatre cadavres sur les bras, mais il ne s'arrêtera pas là.

Maya se connecta à son faux profil sur *PASVUPASPRIS.COM*, créé spécialement pour attirer le tueur. Une alerte s'afficha.

— Bingo, murmura-t-elle. Il a répondu.

Thomas se pencha par-dessus son épaule, le visage tendu.

— Qu'est-ce qu'il dit ?

Maya lut à voix haute :

— "Un rendez-vous samedi soir, où habitez-vous ?"

Un frisson la parcourut, mais elle prit une grande inspiration avant de répondre.

— Je vais lui donner rendez-vous à Libourne.

Thomas fronça les sourcils, l'anxiété marquant ses traits.

— Tu es sûre de toi ? Ce type est un psychopathe. Il croit être un envoyé de Dieu pour rétablir l'ordre.

Maya le fixa, déterminée.

— Je sais. Et c'est pour ça qu'on va l'arrêter.

Elle envoya son message, les mains tremblantes   :

«samedi soir, 21h. Je suis de Libourne. J'ai hâte de te rencontrer.''

Le piège était tendu. Mais attraper un tueur aussi calculateur demandait plus qu'un simple rendez-vous. Thomas et Maya savaient qu'ils devaient se préparer à tout.

Thomas se passa une main nerveuse dans les cheveux.

— Alors, quel est le plan ?

Maya croisa les bras, son visage fermé mais résolu.

— Nous allons louer une maison isolée, loin des regards. C'est exactement ce qu'il recherche. Il doit penser qu'il a tout sous contrôle, que je suis une autre de ses "proies".

Thomas fronça les sourcils, son regard scrutant le visage de sa collègue.

— Maya, tu es sûre de ça ? Ce type n'a rien d'un amateur. S'il se doute de quoi que ce soit…

Elle leva une main pour le faire taire.
— Je sais ce que je fais, Thomas. Écoute-moi bien : pendant que je serai là, seule avec lui, prête à jouer son petit jeu, tu seras planqué tout près. À la moindre tentative de sa part pour m'endormir comme il l'a fait avec les autres, tu interviens. Et c'est là qu'on le coince.

Thomas acquiesça à contrecœur, son expression trahissant sa réticence.

— Et les renforts ?

Maya hocha la tête.

— Bien sûr. On positionnera d'autres policiers autour de la maison. S'il tente de fuir, il n'aura aucune issue.

Un lourd silence s'installa dans la pièce. Thomas soupira, les épaules tendues.

— C'est risqué, Maya. Tu sais ce qu'il a fait aux autres. S'il te touche, même un instant…

Maya posa une main ferme sur son bras, son regard pénétrant.

— Il ne me touchera pas. Parce qu'on sera prêts. Et parce qu'il ne doit plus jamais faire de victime.

Thomas détourna les yeux, acquiesçant lentement.
— Très bien. Mais sois prudente. Ce n'est pas seulement un tueur ; c'est un prédateur.

Maya esquissa un mince sourire, cachant sa propre nervosité.
— Alors, il tombera dans son propre piège.

Fini de jouer

Chapitre X

La journée touchait à sa fin, et l'excitation montait en moi alors que je me préparais pour mon rendez-vous avec *Plaisir discret*. Avant de partir, je vérifiai mes messages : Léa avait répondu. Elle acceptait notre rencontre de samedi soir. Un sourire s'étira sur mon visage. Deux rendez-vous, deux œuvres en perspective. Je lui répondis immédiatement, lui laissant mon numéro pour finaliser les détails.

Enfilant mon plus bel habit, je rassemblai soigneusement mon matériel. Direction Lussac, au cœur de cette région magnifique, bordée de bois et de vignobles, où la nature semblait offrir ses secrets à ceux qui savaient regarder. Mes pensées vagabondaient déjà vers la suite :

son corps, devenu mon œuvre, reposerait dans la forêt, absorbé par la terre et offert aux vers, lavé de ses péchés. À travers moi, elle retrouverait l'innocence d'Adam et Ève, telle que décrite dans la Bible. Mon rôle était clair : rendre justice au nom du Créateur.

Arrivé au point de rendez-vous, je découvris une maison coquette, légèrement isolée, entourée d'un silence propice. Elle m'accueillit à la porte avec un sourire éclatant, ses yeux pétillants sublimés par un maquillage violet et un gloss brillant. Fidèle à son pseudonyme, elle incarnait la discrétion, mais avec une pointe de sensualité effrontée.

À l'intérieur, la fraîcheur de la climatisation contrastait agréablement avec la lourdeur de la journée. Elle me servit un verre avec élégance, se rapprochant, ses gestes calculés pour séduire. Bientôt, elle m'embrassa, ses lèvres murmurant des flatteries à mon oreille :

— Tu es exactement le genre d'homme que j'aime, un vrai étalon.

Je souris, cachant mes véritables intentions derrière un masque de charme :

— Et toi, tu es tout ce que je pouvais espérer d'une femme.

Mais en moi, une rage sourde grondait. Ce soir, je n'avais pas envie de céder à mes pulsions charnelles. Ce n'était pas son corps que je désirais, mais son âme. Elle devait répondre de ses actes, expier ses fautes.

D'une voix calme, je lançai ma question fatidique   :
— Dis-moi, qu'est-ce qui te plaît dans l'idée de sortir avec des hommes mariés plutôt qu'avec des célibataires ?

Elle rit légèrement, croyant sans doute que je partageais son amusement :

— C'est tellement excitant. Être la maîtresse d'un homme marié, c'est être au centre de son attention. Des cadeaux, aucune prise de tête. On peut avoir une relation suivie, sans reproches si on voit d'autres personnes. Je ne vois que des avantages.

Chaque mot qu'elle prononçait me dégoûtait davantage. Je fis mine d'être amusé, masquant l'écœurement qui montait en moi.

— Tu as raison, dis-je avec douceur. Ce soir, on va vraiment bien s'amuser.

À l'intérieur, je bouillonnais. Cette femme représentait tout ce que je méprisais. Mais je savais attendre. La patience faisait partie du rituel. Lorsqu'elle ferma les yeux, perdue dans ce qu'elle pensait être un moment de tendresse, je saisis mon mouchoir imbibé de chloroforme. Quelques secondes suffirent pour qu'elle s'effondre, inerte.

Mes gestes étaient précis, répétés avec une froide efficacité. Je transportai son corps jusqu'à la forêt des Francs. La lune éclatante et les étoiles scintillantes illuminaient ma route. La terre sèche et les arbres semblaient témoins silencieux de mon acte.

Je disposai son corps selon le rituel. Une pomme dans la bouche, symbole du péché originel. Une feuille de vigne sur le pubis, pour rappeler l'innocence perdue. Autour d'elle, ses organes soigneusement extraits. Sous la lumière de la lune, son visage semblait paisible, presque angélique.

Je murmurai en la contemplant une dernière fois :

— Retourne à ton Créateur, Rachel Favier. Mais je doute qu'il te pardonne.

Le vent se leva, comme pour m'applaudir. Les arbres se penchaient presque, me chuchotant leur approbation. Je laissai derrière moi cette œuvre, satisfait de mon travail.

Alors que je rentrais, mes pensées se tournèrent vers Léa. Serait-elle différente ? Comprendrait-elle la valeur de la fidélité ? Ou rejoindrait-elle les autres ? Une part de moi espérait encore qu'elle me prouverait qu'il existait des femmes capables de résister, de préserver leur dignité. Mais au fond, je savais déjà la réponse.

Toutes ces femmes étaient pareilles. Briseuses de couples, voleuses de bonheur. Même ma propre mère, me dis-je un instant, aurait-elle été différente si mon père ne l'avait pas trahie ? Mais non. Je chassai cette pensée. Elle, c'était une victime, un martyr du péché des hommes.

Et moi, je suis là pour rétablir l'équilibre.

Comme à mon habitude, je descendis ranger soigneusement mon trophée : l'annulaire de Rachel Favier, délicatement enveloppé. Une fois cela fait, je pris mon téléphone et répondis à Léa.

Super, je te retrouve demain à 21h à l'adresse indiquée.

Il était déjà 2 heures du matin lorsque j'envoyai ce message.

Le lendemain, le réveil fut difficile. Mes paupières lourdes trahissaient le manque de sommeil, mais je n'avais pas le choix. Il fallait ouvrir la boutique. Après tout, le quotidien banal d'un commerçant est le meilleur des déguisements.

Je fis un rapide ménage, réorganisai les rayons pour donner une impression d'ordre parfait. Puis, la sonnette de la porte retentit. Deux policiers se tenaient là, plantés au milieu de ma boutique comme des ombres dérangeantes. Une sueur froide glissa le long de ma colonne vertébrale. Que pouvaient-ils bien me vouloir encore ? Avais-je fait une erreur ? Se pouvaient-ils qu'ils aient découvert mon secret ?

Je balayai ces pensées d'un revers mental. *Reste calme. Ne montre rien.*

— Bonjour, messieurs, lançai-je d'une voix posée.

— Bonjour, Monsieur Louvie, répondit l'un d'eux, son regard scrutateur planté dans le mien.

— En quoi puis-je vous aider ?

L'autre agent prit la parole, sérieux :

— Nous souhaitons revoir avec vous quelques détails concernant Mme Lemoine.

Je fis mine de réfléchir, affichant un visage neutre.

— Bien sûr. Que voulez-vous savoir ?

— Vous nous avez dit qu'elle avait dîné avec vous et qu'elle était repartie chez elle ensuite, c'est bien ça ?

Je hochai la tête.

— Oui, tout à fait. Pourquoi ? Qu'est-ce qui se passe ?

Le premier agent croisa les bras, un soupçon de méfiance dans sa posture.

— Nous n'avons toujours pas retrouvé trace d'elle. Est-ce qu'elle vous a parlé de quelque chose concernant son couple ? Un détail, peut-être ?

Je pris un air concerné, comme si cette nouvelle m'affectait réellement.

— Oui, elle m'a parlé de son couple. Elle m'a confié que ça n'allait pas fort entre eux. Elle a même essayé de m'embrasser, pour se venger de son compagnon. Mais je n'ai pas cédé à ses avances. Je ne sors pas avec quelqu'un qui est déjà pris.

Les deux agents se regardèrent brièvement avant de hocher la tête.

— Nous voyons. Merci, Monsieur Louvie.

— De rien

— Au revoir.

— Au revoir, messieurs.

Je les regardai sortir, les épaules toujours droites, le souffle maîtrisé. Une fois leur silhouette disparue, je me permis de relâcher un peu la pression. *Ouf. Ils ne se doutent de rien.* Leur visite avait éveillé en moi une pointe d'adrénaline, mais aucun véritable danger ne semblait planer.

La journée touchait à sa fin, et une douce impatience s'installait. J'avais hâte de me détendre enfin. Pour moi, un meurtre était plus qu'un simple acte : c'était une manière de me recentrer, de calmer mes pensées. Un passe-temps comme un autre.

Demain soir, Léa. Une nouvelle œuvre à composer.

L'après-midi fut dédiée aux derniers préparatifs. Nos agents répétaient minutieusement le scénario de la soirée à venir, chacun révisant les positions qu'il devait occuper pour l'arrestation de ce monstre. Mais, comme si l'univers s'acharnait à compliquer les choses, une nouvelle venait perturber notre réunion :

une découverte macabre nous attendait dans la forêt des Francs, à Lussac.

Encore une victime.

Nous savions déjà ce que nous allions trouver, mais le devoir nous appelait. Une heure plus tard, de retour au bureau, l'équipe avait à peine commencé à analyser les éléments relevés sur place que deux policiers vinrent frapper à notre porte. Leur enquête, selon eux, pouvait avoir un lien avec notre affaire.

— Nous travaillons sur un certain Mathieu Louvie, expliqua l'un d'eux, un homme au visage marqué par la fatigue. Il habite à Saint-Émilion, tient un vignoble et une boutique attenante. Ce nom vous dit quelque chose ?

Je secouai la tête, intriguée.

— Son ex-compagne, Marie Lemoine, a disparu. Depuis, aucune trace d'elle.

L'autre agent prit la parole, continuant leur récit.

— Voici ce que nous savons : sa voiture était en panne, et c'est lui qui est venu la chercher à son domicile pour l'emmener dîner chez lui. Elle avait laissé son téléphone portable chez elle. Marie Lemoine, thanatopractrice, avait entretenu une relation de trois ans avec Louvie. Relation qui s'est terminée brutalement quand elle l'a trompé avec un autre homme.

— Et ensuite ? demandai-je.

— Selon le nouveau compagnon de Mme Lemoine, lorsqu'il a appris la tromperie, Louvie l'a mise dehors immédiatement, avec ses affaires. Pas de discussion. Mais voilà où les choses se compliquent : son nouveau couple battant de l'aile, Mme Lemoine a décidé de renouer contact avec Louvie. Et apparemment, ça a marché. Ils ont dîné ensemble ce soir-là.

— Que dit Louvie à ce sujet ?

— Qu'elle lui a confié que son couple allait mal et qu'elle avait tenté de l'embrasser, mais qu'il avait refusé. La fidélité serait "sacrée" pour lui. Après le repas, elle serait rentrée chez elle en taxi pour reprendre le travail le lendemain.

Je fronçai les sourcils.

— Elle aurait pris un taxi, mais aucune course n'a été signalée ?

— Exact. Nous avons vérifié les relevés téléphoniques de Mme Lemoine et de Louvie : rien. Pas un appel, ni une réservation. Elle a disparu à partir de ce moment.

Le silence s'installa dans la pièce, lourd de sous-entendus.

— Et vous, poursuivit l'un des policiers, vous traquez un malade qui se croit "justicier de Dieu", et qui trouve ses victimes sur un site de rencontres pour adultères. Peut-être que les deux affaires sont liées.

— Possible, mais les profils des victimes ne correspondent pas totalement, rétorquai-je, prudente.

— Pas totalement, mais... Comment était Mme Lemoine, physiquement ? Vous avez dû voir une photo d'elle.

— Oui. Blonde enfin, coloration blonde. Sa vraie couleur est brune. Mince, les yeux bleus. Elle vivait à Libourne.

Les deux policiers échangèrent un regard inquiet. L'idée que Mathieu Louvie puisse être notre homme prenait soudain une tournure terrifiante.

C'est alors que le téléphone sonna. Je décrochai.

— Ici Delort, du service médico-légal. J'ai les résultats de l'autopsie de Rachel Favier. Même modus operandi que les autres victimes. Mais il y a une différence : cette fois, aucune trace de rapport sexuel avec la victime.

— Pas de mise en scène ? demandai-je, surprise.

— Non, il semble qu'il en ait assez de jouer. Il est passé directement à l'acte.

Je le remerciai pour l'information et raccrochai.

Les pièces du puzzle commençaient à s'assembler. Un tableau des victimes était dressé face à nous. Toutes avaient un point en commun : célibataires, inscrites sur un site de rencontres adultères, elles flirtaient avec des hommes mariés. Et toutes avaient croisé un homme qui, visiblement, avait une vision déformée et obsessionnelle de la morale religieuse.

Pour lui, ces femmes étaient des pécheresses, des briseuses de couples. Mais ce n'était pas la rédemption qu'il leur offrait : c'était la mort. Un chemin de retour pour laver leurs péchés, si l'on osait suivre la logique délirante de ce tueur.

Et maintenant, tous les indices semblaient pointer vers un seul nom : **Mathieu Louvie**.

Je sentais l'excitation mêlée à une angoisse palpable dans la pièce. Les informations se recoupaient, chaque détail venant renforcer une hypothèse effrayante.

— Vous avez une photo de ce Mathieu Louvie ? demandai-je brusquement.

L'un des agents acquiesça et fouilla dans un dossier avant d'en sortir une photo qu'il déposa sur la table.

— Oui. Le voilà, dit-il en poussant l'image vers nous.

Je fixai l'homme sur la photo. Un visage fin, encadré de cheveux bruns soigneusement coiffés. Ses yeux, d'un bleu glacial, me frappèrent immédiatement. Il était grand et mince, avec une allure qui pouvait facilement passer pour charmante à première vue.

Mon regard glissa rapidement vers l'ordinateur, où était encore affichée une capture d'écran du site de rencontres utilisé par le tueur. Je comparai les photos.

— Attendez… Ces yeux… c'est lui. Louvie est sur le site ! m'exclamai-je.

Un silence s'abattit sur la pièce, interrompu seulement par le bruit léger des dossiers qu'on refermait. Un sentiment d'urgence commença à peser dans l'air.

L'un de mes collègues s'approcha du tableau des cartes où nous avions noté les emplacements des corps retrouvés. Un par un, il relia les points avec son doigt. Les forêts, les lieux de dépôt des victimes, tout formait un étrange motif autour de Saint-Émilion, comme si ces endroits avaient été choisis délibérément.

— Regardez ça, murmura-t-il. Si on trace les points des lieux où les corps ont été retrouvés et qu'on les relie à la position de son domicile…

Il s'interrompit, reculant d'un pas pour contempler l'ensemble.

— Ça forme un pentagramme, souffla-t-il, abasourdi.

Tous les regards se tournèrent vers le tableau, incrédules.

— C'est insensé, marmonnai-je. Est-ce qu'il fait ça exprès ou est-ce que c'est une coïncidence ?

— Rien n'est une coïncidence avec ce genre de tueur, intervint un autre agent.

Surtout pas avec quelqu'un qui justifie ses actes par des croyances religieuses déviantes. Ce pentagramme pourrait être un message, ou un symbole pour lui-même.

L'atmosphère s'alourdit encore. Nous savions que nous faisions face à un individu méthodique, dont les motivations dépassaient la simple violence. Chaque meurtre, chaque lieu choisi, chaque détail de la mise en scène : tout faisait partie d'un rituel malsain, conçu avec une froide précision.

Je pris une profonde inspiration.

— Ce soir, on met fin à ça. Il ne doit plus faire une seule victime.

Les agents acquiescèrent en silence, chacun comprenant l'importance de la soirée qui approchait. Si Mathieu Louvie était bien notre homme, il fallait qu'il tombe. Et vite.

Il restait peu de temps avant que nous prenions nos positions pour l'arrestation. Mon cœur battait à tout rompre tandis que je me préparais avec soin. J'enfilai une élégante robe noire qui soulignait mes courbes, assortie à des talons hauts qui claquaient légèrement sur le sol. Je fixai ma perruque blonde, laissant les mèches retomber juste au-dessus de mes épaules, et appliquai un maquillage subtil pour mettre en valeur mes traits. Un soupçon de parfum fruité compléta le tableau.

En me regardant dans le miroir, je me demandai un instant si cette image séduisante suffirait à le piéger.

Quand je rejoignis le salon de la maison que nous avions louée spécialement pour la soirée, Thomas resta figé, les yeux écarquillés. Il avait l'air surpris, il ne m'avait jamais vue ainsi, loin de l'uniforme de service.

— Alors, qu'est-ce que tu en penses ? lançai-je, tentant de dissimuler ma nervosité derrière un sourire.

— Tu es méconnaissable, répondit-il après un moment d'hésitation. Si je ne te connaissais pas, je pourrais tomber dans le panneau.

Je pris cela comme un compliment, bien qu'un frisson d'inquiétude m'envahît. Cette soirée allait au-delà d'un simple jeu de rôle. La moindre erreur pouvait être fatale.

Nous passâmes en revue une dernière fois le plan. Thomas m'expliqua où il se cacherait dans la maison pendant mon entrevue avec **Plaisirmasqué**. Son ton était grave, insistant :

— Surtout, reste attentive. Si quoi que ce soit dérape, je débarque immédiatement. N'essaie pas d'être trop courageuse.

Je hochai la tête, bien que mon ventre se noue à l'idée de ce qui m'attendait.

— D'après Delort, il n'a plus envie de jouer. Cela nous arrange, murmurai-je. Avec un peu de chance, je n'aurai pas besoin de faire plus qu'un baiser pour le distraire.

Je pris une grande inspiration et m'attelai à créer une ambiance dans le salon. Une musique douce jouait en fond tandis que je disposais des bougies un peu partout, leur lumière vacillante ajoutant une touche intime et chaleureuse à la pièce. Je voulais paraître détendue, mais mes mains tremblaient légèrement en ajustant le dernier détail.

L'horloge indiquait presque 20 h 30. Mon invité n'allait pas tarder.

Je m'assis sur le canapé, essayant de calmer les battements frénétiques de mon cœur. Mon regard se posa sur Thomas, qui m'observait depuis l'angle de la pièce avec une expression d'encouragement, bien qu'inquiète.

— Ça va aller, murmura-t-il, comme s'il pouvait lire dans mes pensées.

— Je l'espère, répondis-je doucement.

Le compte à rebours avait commencé. Ce soir, il tomberait, ou tout basculerait.

L'heure fatidique était arrivée. À 21 h pile, la sonnette retentit, résonnant dans le calme de la maison. Je pris une grande inspiration, rajustai ma perruque et ma robe, puis me dirigeai lentement vers la porte.

En l'ouvrant, il était là.

— Léa, bonsoir, dit-il avec un sourire charmeur.
— Bonsoir, Plaisirmasqué.

Son regard glissa sur moi, luisant d'un mélange d'admiration et de désir.

— Tu es resplendissante ce soir, comme les étoiles.

— Merci, répondis-je avec un sourire feint. Toi aussi, tu es très élégant.

Je m'effaçai pour le laisser entrer. Il jeta un coup d'œil autour, visiblement satisfait de l'ambiance.

— Prends place sur le divan, lui dis-je en indiquant le canapé.

Mais avant de s'asseoir, il me tendit une bouteille de Merlot.

— Un présent pour cette belle soirée.

— Merci, répondis-je, mes mains légèrement tremblantes. Je vais l'ouvrir tout de suite pour nous servir.

Je me dirigeai vers la cuisine, essayant de calmer mes nerfs. Tandis que je luttais un peu pour déboucher la bouteille, il s'approcha sans un bruit. Soudain, je sentis sa présence dans mon dos, son souffle chaud contre ma nuque. Il posa ses mains sur mes épaules, puis glissa ses lèvres sur ma peau.

Je sursautai, surprise, mais repris vite contenance.

— C'est... agréable, murmurai-je avec douceur.

Je fis mine de me retourner, mais il resta collé à moi, intensifiant son emprise. D'une voix basse et troublante, il murmura à mon oreille :

— Dis-moi, pourquoi aimes-tu les hommes mariés ?

C'était la question que nous attendions, le signal convenu. Mon cœur battait à tout rompre, mais je savais que Thomas, caché derrière le rideau du placard, avait une vue dégagée sur nous.

Je répondis, jouant mon rôle avec une feinte douceur :

— J'aime les hommes mariés. Ils savent ce qu'ils veulent. Moi, je ne suis qu'un jouet pour eux, une marionnette entre leurs mains.

Son étreinte se resserra, et je le sentis fouiller dans sa poche. Il sortit un mouchoir. Mon souffle se suspendit.

Avant qu'il ne fasse un geste de plus, Thomas surgit de sa cachette, revolver en main, le canon pressé contre la nuque de Louvie.

— Lâche ce mouchoir, ordonna-t-il d'une voix ferme.

Mathieu Louvie tressaillit et laissa tomber le mouchoir à terre. Thomas le força à reculer, m'éloignant de lui. Je récupérai les menottes que mon collègue portait à sa ceinture.

— Ne bouge pas, dis-je, ma voix légèrement tremblante, en lui passant les menottes autour des poignets.

C'était fini. **Mathieu Louvie**, alias **Plaisirmasqué**, était neutralisé.

— Mathieu Louvie, vous êtes en état d'arrestation, déclarai-je, récitant ses droits avec assurance malgré l'adrénaline qui pulsait dans mes veines.

Thomas et moi l'escortâmes jusqu'à la voiture de service qui attendait à l'extérieur. Une fois au poste, il n'y aurait plus d'échappatoire pour cet homme, qui avait terrorisé tant de femmes.

La soirée avait été tendue, mais nous avions enfin mis un terme à son sinistre jeu.

Au poste de police, un avocat commis d'office fut rapidement désigné pour représenter Mathieu Louvie. Mais la machine judiciaire était déjà en marche. Nous avions écrit au procureur dans la soirée pour obtenir un mandat de perquisition pour son vignoble, sa voiture et son domicile. Les premières pièces du puzzle s'étaient mises en place, et il ne faisait aucun doute que ce monstre allait être accablé par les preuves.

En inspectant son véhicule, nous découvrîmes un véritable arsenal macabre. Le coffre regorgeait de traces de sang appartenant à plusieurs victimes, confirmées plus tard par les analyses ADN. Une bâche en plastique maculée de rouge était soigneusement pliée, à côté de bouteilles de vin vides. Plus glaçant encore, une mallette contenait des instruments sinistres : un sécateur pour couper les annulaires, une aiguille reliée à un long tuyau pour prélever le sang, une bobine de fil à coudre, un scalpel, des bocaux hermétiques, des bougies, une bombe aérosol noire pour teindre les cheveux, une pomme et une feuille de vigne. Chaque objet semblait avoir été méticuleusement sélectionné pour ses rituels.

Au vignoble et dans son domicile de Saint-Émilion, l'horreur s'intensifia. Une pièce secrète, dissimulée derrière un mur dans sa cave, fut découverte après plusieurs heures de recherche. Les équipes durent démonter une partie du mur pour y accéder. Ce qu'elles y trouvèrent défia l'imagination.

Sur des étagères soigneusement organisées, il avait conservé les annulaires de ses victimes, chacun rangé dans un bocal avec leur nom étiqueté.

Une boîte en carton marquée "Pour la paroisse" contenait plusieurs bouteilles de vin, suspectes au premier regard. Les analyses révélèrent qu'elles étaient mélangées au sang de ses victimes, une offrande effroyable à l'église de son village.

Sur son ordinateur portable, une autre pièce clé de l'enquête, nous avons trouvé :

- Tous les messages échangés avec ses victimes, retraçant sa méthode pour les attirer dans ses filets.
- Des vidéos glaçantes, notamment celle du meurtre de Marie Lemoine, qu'il avait oublié d'effacer. Cette vidéo montrait chaque détail de son rituel

macabre. De plus, les caméras installées chez lui avaient capturé l'intégralité de ses actes.

Avec ces preuves accablantes, nous avons pu relier Louvie à six meurtres confirmés. Chacune de ses victimes était méthodiquement choisie, manipulée et sacrifiée selon un rituel religieux tordu. Il se considérait comme un "justicier de Dieu", expiant les péchés d'infidélité des femmes.

Toutes les preuves furent mises sous scellé et envoyées au laboratoire pour analyse complète. Les charges contre lui étaient irréfutables, et le ministère public avait déjà confirmé que Louvie encourrait la peine maximale.

La sombre ironie de ses actes offrir du vin mêlé au sang de ses victimes à une paroisse faisait frémir. Ce monstre, caché sous une apparence d'homme pieux et respectable, avait manipulé la foi et la morale pour assouvir ses pulsions morbides.

Il ne restait plus qu'à attendre que la justice le condamne pour ses crimes odieux. Mais dans l'esprit de tous, le mal qu'il avait infligé serait gravé à jamais.

Après sa mise en examen, Mathieu Louvie adopta un silence complet. Le tueur méthodique, au charisme inquiétant, qui avait attiré et sacrifié six femmes, restait désormais plongé dans un mutisme total. Malgré les multiples interrogatoires, il ne prononça plus un mot, comme si sa conscience s'était éteinte, ou qu'il avait choisi de se réfugier dans son monde intérieur.

Une expertise psychiatrique révéla que Mathieu Louvie souffrait de traumatismes liés à son enfance, notamment un environnement familial instable marqué par l'infidélité de son père et une mère dévote, obsédée par la morale religieuse. Ces blessures psychologiques avaient évolué en schizophrénie paranoïde, exacerbant ses croyances délirantes sur la fidélité et le péché.

Les psychiatres décrivirent un homme incapable de discernement au moment des faits, agissant sous l'emprise de ses voix intérieures et de son obsession pour une "justice divine". Cela permit à ses avocats de plaider l'irresponsabilité pénale partielle.

Le verdict : incompris et controversé

Le tribunal prononça une peine jugée choquante par beaucoup. Mathieu Louvie fut condamné à dix ans d'internement dans un hôpital psychiatrique, avec une obligation de soins. De plus, une clause prévoyait une possible libération conditionnelle au bout de cinq ans, si les traitements montraient des résultats satisfaisants. À sa sortie, il serait placé sous surveillance stricte pour achever les cinq années restantes avec un suivi médical adapté.

Ce verdict provoqua une onde de choc dans l'opinion publique.

La colère des familles : une douleur irréparable.

Les familles des victimes, effondrées par cette décision, exprimèrent leur indignation dans les médias. L'une d'elles déclara :

"Pourquoi un monstre qui nous a arraché ce que nous avions de plus précieux a-t-il encore le droit de vivre ? Il nous a privé, de nos filles. Nous demandons à quoi sert la justice si elle protège ces bêtes. La peine de mort devrait être rétablie pour des individus comme lui."

Les manifestations de colère se multiplièrent, et certains activistes dénoncèrent une justice trop indulgente envers les criminels, particulièrement ceux souffrant de troubles mentaux.

Un drame familial : la mère effondrée

Du côté de Mathieu Louvie, les répercussions furent tout aussi dramatiques. Sa mère, accablée par la honte et le chagrin, subit un grave malaise cardiaque lorsqu'elle apprit que son fils était envoyé en centre psychiatrique. Elle avait toujours défendu les valeurs morales et religieuses qu'elle croyait avoir inculquées à son fils, ignorant que celles-ci s'étaient perverties en une justification pour ses actes horribles.

Cette affaire fit la une des journaux pendant des semaines, à la fois pour son caractère sordide et le débat qu'elle raviva sur le traitement judiciaire et médical des criminels souffrant de troubles mentaux graves. Le "vigneron des ténèbres", comme il fut surnommé, resta un symbole des limites de la justice pénale face à des esprits brisés capables des pires atrocités.

Lettre d'adieu

CHAPITRE XI

Dans cette chambre capitonnée, immaculée de blanc, chaque jour se ressemble. Sous l'effet des médicaments qui glissent dans mes veines, je sens leur poison me consumer lentement, un feu silencieux qui me détruit, comme si je brûlais déjà dans les flammes de l'enfer. À trop jouer avec le feu, on finit par s'y perdre.

Mes rires résonnent dans cette pièce stérile, un écho gothique qui fait frissonner les surveillants derrière la porte. Je les vois détourner les yeux, effrayés par ce regard malicieux que je leur lance. Mais ils n'ont rien à craindre. Les cachets annihilent toute impulsion violente, toute force physique. Je suis un mort-vivant, un corps vidé de sa volonté.

Je ne fais que dormir, parfois peinant à articuler deux mots dans un murmure à peine humain.

La mort de ma mère m'a brisé. Son décès, c'est mon fardeau, mon châtiment. Je l'ai déçue. Par ma faute, elle a succombé à une tristesse insupportable, à une honte accablante. Elle est partie, et je n'ai plus que ce vide béant en moi.

Mais si tu savais, maman… si tu savais que tout ce que j'ai fait, je l'ai fait pour toi. Ces actes, ces crimes, ce sang sur mes mains… tout était pour te venger. Venger tes nuits blanches, tes pleurs étouffés quand papa s'en allait rejoindre sa maîtresse. Si tu savais combien de fois j'ai dû cacher mes propres larmes, garder un sourire forcé pour te soutenir alors que tu t'effondrais.

Et aujourd'hui, tu es partie. Tu m'as abandonné, emportant avec toi le seul amour pur que je n'ai jamais connu. Mais je voulais te rendre hommage, maman. Alors pourquoi as-tu fui la vie ?

Aujourd'hui, je laisse ces mots comme un ultime témoignage. Les gens me jugeront peut-être différemment. Je ne suis pas un monstre. Je suis un homme qui avait foi en Dieu, en sa toute-puissance, en sa justice divine. Mais cette justice était une illusion, et j'ai pris sur moi de la rétablir.

Chaque femme que j'ai choisie était une incarnation du péché. Leurs prénoms rappelaient des enfants de Dieu. Toutes, brunes de naissance, s'étaient teint les cheveux en blond, reniant leur essence. Cette perversion, c'était comme celle de la maîtresse de mon père. Alors, j'ai corrigé cela. Je teignais une partie de leurs cheveux pour qu'elles se souviennent de qui elles étaient vraiment.

Leurs organes, le cœur, les poumons, le foie étaient mes exutoires. Leur cœur apaisait mes blessures. Leurs poumons, mes suffocations. Leur foie, ma colère. C'était un acte de rédemption, pas de barbarie.

Et leurs annulaires… Ah, l'annulaire, ce doigt sacré, vena amoris où devrait reposer l'alliance du mariage, ce symbole d'amour éternel. Je leur ai pris ce doigt pour rappeler ce qu'elles avaient trahi. Leur péché devait être lavé.

Les symboles que j'utilisais la pomme, la feuille de vigne étaient des échos d'Adam et Ève. La pomme, fruit de la tentation. La feuille, leur honte. Leur sang, je l'offrais à l'église, au prêtre, comme un vin sacré, le sang du Christ. Celui qui purifie.

Je ne suis pas fou. Mon esprit était clair. Ce que j'ai fait, c'était un cri du cœur, un geste de foi brisée et de douleur profonde. Mais aujourd'hui, je suis fatigué. J'emporte mes monstres avec moi, peu importe que mon âme descende en enfer ou trouve le chemin du paradis. Je suis en paix avec moi-même.

Je remets cette lettre au gardien. Mon dernier message au monde.

Trente minutes plus tard, allongé sur ce lit glacé, je fixe la lumière froide du plafond. Les médicaments s'effacent, une clarté nouvelle envahit mes pensées. Je ressens un regain de force. D'un geste, je porte mes mains à ma gorge. Je serre, encore et encore, ignorant les signaux de mon corps.

Les lumières vacillent, mes yeux s'emplissent de points noirs, mon souffle devient rare. Je n'entends plus rien, mon cœur ralentit, chaque battement s'éloigne comme une vague mourante.

Dans ces derniers instants, je souris. J'accueille la fin comme un prince des ténèbres.